人生，幾分熟？

成為理想中的自己

吳若權的大人學

How Mature
Are You?

目次

Level 2

你和愛情幾分熟？

在情感態度上，懂得真正愛自己。

Level 3

你和創新幾分熟？

願意改變自己，才能轉動這個世界。

Level 4

你和情緒幾分熟？

清理負面情緒，讓內心裝得下幸福。

Level 5

你和寂寞幾分熟？

學會享受孤獨，就能夠和自己相處。

Level 6

你的價值觀有幾分熟？

瀟灑放下執念，從此人生大不同。

Level 7

你對「老後」有幾分熟？

在身體頹圮之前，用心理成為支柱。

自序

一個人的成熟是：勝任理想的自己！

所有的自己，都是相對於別人而存在。
可以孤獨，但不孤僻；願意和好，卻不討好。
理想的自己，距離你並沒有很遠，就在你願意接受真實自己的那一刻相遇。

早熟，其實並不成熟。

這是我長大以後，漸漸才懂得的事實。

小學二年級，我有個同學，既是鄰居，也是玩伴。有一天，我們在田野間學著用稻草與竹片製作弓箭。他的作品始終無法成功發射，我協助他改良完成。他拿著那把弓箭試射幾次，愈來愈有信心。正當志得意滿的時候，他說：「你往前站十步，轉過身去，讓我射你的後腦袋，看會不會射中。」

我往前走了一步、兩步、三步、四步……到第九步之後，就頭也不回地跑掉，離開那個感覺被友誼背叛的現場，卻在對方心中留下一個膽小的惡名。

十歲不到的我，對這件事的見解是：那是一把我為他改造成功的弓箭，他沒有感謝我就算了，居然還想要拿我的頭當試驗品，感覺自己傾盡道義責任、付出全部心血，卻被恩將仇報。而他竟然因為我不肯讓他當箭靶，就此認為我很膽小。

水瓶座天生的慧黠敏銳，很容易覺得自己早熟，再加上既是長子又是么兒的雙重性格，讓童年多愁善感的我，更認定對方幼稚，也懶得跟他辯解。兩個小男孩，依然是鄰居、仍舊是同學，卻從此不交心，走在同一條上學的路，已經愈來愈陌生。

本來以為這些陳年往事，彼此都已淡忘在歲月的長廊。直到我大學畢業退伍回來，剛謀得人生第一份正式工作，無意間在家中聽見對方的母親打電話來跟我媽寒暄。她分享自己兒子考上博士班的好消息時，竟提及：「啊，真想不到喔，你家若權從前那麼膽小，長大後居然還能做到憲兵軍官，考進ＩＢＭ！」

這些聽起來像是風涼話的問候，不但加深印證對方幼稚的形象，連他的媽媽都讓我覺得不成熟。其實自從我們搬離鄉下，兩家人已經二十年沒有碰面，彼此的爸爸、媽媽、姊姊，都還是好朋友，唯獨童年心靈受創的我，還沒有找到寬恕對方的方式，只知道和自己過不去。

從小就過於獨立，可能得到「被寵愛不適應症」

為了證明自己並不膽小，步入職場後，發現自己變得愈來愈驍勇好戰，過關斬將到幾乎所有小人都不是對手。一旦發現對方做得太超過，就直接挑明問他意圖為何，讓所有奸巧心計，都無法在我面前存活。主管、同事們，只要心術不正的，幾乎都分別領教過我的直率，在保護自己不再輕易受傷的同時，設定絕不傷害無辜的前提下，爽快地痛宰不公不義的豬頭。

身手俐落到沒有敵人，其實也沒有真正的好友。儘管我身邊有些非常推心置腹的朋友，自己心知肚明，看似生死之交的情誼裡，隱藏著一道透明卻高峻的心牆。最明顯的是，和朋友溫暖互動的過程中，很怕欠對方人情。我可以對別人好，但我無法承受任何人對我好。這是一種很微妙的心理，一直到我熟讀許多心理學的書籍，考上中國心理諮詢師的證照，除了傾聽讀者與親友的苦惱，也開始正式為很多陌生人進行諮商後，才對自己有更深入的體會。

像我這樣從小就過於獨立的人，可能得到了所謂的「被寵愛不適應症」。當我不再盼望，就不會失望；當我不再索求，就不會落空。我可以對別人奉獻，透過付出帶來表面的自信；但我不接受別人的給予，以免有朝一日得不到的時候會難以承受。

願意奉獻自己，不願接受恩惠，其實是一種看似自信卻徹底自卑的表現。唯有能力大到既不害怕對別人付出，也確定自己還得起別人恩情的時候，才能打開這個心結，用更自在的態度重新活出一個更理想的自己。

可以孤獨，但不孤僻；願意和好，卻不討好。

理想的自己，距離你並沒有很遠，就在你願意接受真實自己的那一刻相遇。

體貼別人的同時，不會虧待自己

你，還要躲多久，或還能藏多久？

擁抱自己吧！擁抱那個明明長大了還需要被呵護的自己、該真實坦承脆弱卻故作堅強的自己、承受很多壓力但以為可以當作沒什麼的自己、習慣用抱怨別人來掩飾必須改變的自己、為怕傷害別人而長期隱忍痛苦的自己……

當我們成長到愈來愈能敏銳地覺察，已經沒有多少青春可以揮霍，年少懷抱「天不怕、地不怕」的志氣節節敗退以後，即使身處朋友簇擁的喧鬧中，依然清醒地知道現實生活是孑然一身的宇宙，更何況是品嘗獨自看守午夜的寂寞，天地之寬也只剩遊遊蕩蕩的自由。

此刻的沉默，是無人訴說、是無話可說，或是無須多說？

於是，你悄悄地自問：「我是否足夠成熟？」足夠成熟到可以在經歷紅塵滾滾的壯闊江河之後，陪自己看前半生的愛恨情仇，都化為一個人後半生的細水長流。

至於如何分辨自己是否足夠成熟？當然不會是功成名就，也不會是滄桑落寞，兩者都容易滲入世故油滑。反而是學會了簡簡單單的處世原則，讓自己無論人前人後都舒服自在，不用講場面話、也不必心虛，既不討好、也不委屈，體貼別人的同時，不會虧待自己。

一個人成熟到能夠真正地享受孤獨，並非因為無法勝任與別人連結才退縮回自己的角落，而是在人際關係之中、在功過成敗之間，永遠處於「進可攻、退可守」的優勢。最後連這樣的優勢都放下了，是不攻不守之後的圓滿融合，也是不分你我之後的怡然自得。

每次鍛鍊，都只是要你學會長大

所有的自己，都是相對於別人而存在。**當我們成熟到可以在別人身上看見自己，自己和別人的防衛界線就消失了**。在厭惡別人的無禮中，看見自己的不夠自信；在羨慕別人的成就中，看見自己的有待努力；在祝福別人的喜悅中，看見自己的無私包容；在尊敬別人的付出中，看見自己的踏實本分。

別人，是自己的一面鏡子。是非善惡，正負陰陽，都是投射。你若還看不透，就該是抹去心鏡上塵埃的時候了。真正長大以後，我們才會懂得：用無數次痛徹心扉的洗鍊，究竟自己一次的豁達。

我看見你；你看見我。我就是你；你就是我。生命的迷霧散去，從遠遠地方走向眼前來的，是當年渴望成熟的自己。以淚眼相擁而泣時，彼此都不需言語。

我們或許會心疼年少時急著要長大的自己，那麼多的努力，那麼多的委屈，那麼多的壓抑，所有逞強在人前的口是心非，不過是換一點人後的僥倖存活。

可以孤獨，但不孤僻；
願意和好，卻不討好。
用更自在的態度，
重新活出一個更理想的自己。

人生最可悲的莫過於：年歲增加、身形長大，但心智沒有同步成熟。在言語或服裝上裝可愛，固然沒有對錯，純粹是個人的選擇；若無法通過成熟人生該有的考驗，只能在複製類似的功課中不斷重修。

而人生最可貴的應該是：**在心智成熟之後，還保有天真的態度，對凡事感到好奇、對別人願意同理，從不害怕再會失去什麼，也勇於在未來接納更多。**

每個人心智成長的速度不同，無論你是早熟、晚熟，還是裝熟，終究必須讓自己更成熟，才能在不同的人生階段，都有最美的豐收。

勇於面對各種課題不用害怕，每次鍛鍊都只是要你學會長大！

《人生，幾分熟？——成為理想中的自己，吳若權的大人學》是我的第一一〇號作品，獻給一直想要長大、也正在長大的你。書中彙整數十個關於一個人真正成熟的觀點與故事，條列出「大人的成熟指標」，並佐以心理測驗與統計分析，讓你在文字中經歷不同成熟程度的自己，相遇、相擁、相愛，然後終於與時並進，心智配合年齡同步，在生命的任何階段，都能勝任一個理想的自己。

Level 1

待人處世——

在人我關係中，掌握適當的分寸。

你和自己幾分熟？
這問題的答案，往往是從你和別人如何互動中，看出端倪。

01

小劇場×內心戲

和對方大吵一架後，你「啪」的一聲關上門，情緒激動萬分。突然覺得待在這個空間怎麼樣都不舒服，內心一直有著一股衝動，想奔走到世界都找不到的角落，靜靜地一個人待著。但是，要走又能走到哪裡？離不開、放不下，日子還是得要繼續！當下，你會怎麼做？

☐ A. 找最好的朋友聊天，傾訴心事，聽聽他的意見。

☐ B. 去做自己喜歡的靜態休閒活動，暫時忘掉這件事。

☐ C. 此刻最需要運動發洩一下，等彼此心情平靜後再溝通。

☐ D. 立刻發訊息給對方，直率地把希望對方改進的意見告訴他。

☐ E. 到安靜的角落，整理自己的情緒與剛才盛怒中的對話。

大人的成熟指標

一個人，心智上真正獨立

真正的忠於自己，並非捨棄和別人的關係，
而是讓自己的情緒不受這段關係影響。

當我們的內在足夠成熟與自信時，
就不會以離開另一個人來救贖自己，
而是勇敢面對這段關係，重新修復在關係中不斷受傷的自己。

負氣離家出走，似乎是少年獨有的權利。那時的你，可以懷著怨怒，甩頭就走；但心裡很明白，自己隨時可以回得去。因為你知道，家裡的門未必堂皇富麗，卻始終是為你敞開的。

或許我們在年少的時候，都曾經有過背起行囊、遠走高飛的念頭；事後回想起來，往往也只是一時的意氣，多數的時候，還是留下來，和家庭裡不完美的關係繼續奮鬥努力。

直到過了青春期，出社會工作以後，累積多年無從發洩的委屈，暴走的念頭再度升起。讓你蠢蠢欲動的，不只是離家出走而已，你想從相處不睦的感情伴侶、互看不爽的辦公室同事、通訊錄名單假情假意的朋友圈裡，徹底地抽離，避走於身邊所有看不順眼的人，你只想要遺世獨立。

他們說：「這就叫做人生第二個叛逆期！」

當你開始經濟獨立，不靠父母過活，若還有勇氣，不是一時衝動的抱怨而已，能夠真正來一次叛逆，似乎是美好的祝福！因為此刻，你真的有足夠的能力一去不回頭，逃家、離婚、辭職、割席，拋下你所厭倦的一切，一個人重新開始，也重新開始一個人。你不用再害怕養不活自己，你不必再恐懼離群索居，你不會再擔心無法迴避閒人耳語。

但你有想過嗎？這時候的你，看到的自己會是：1.確實已經更有叛逆的本領了；或者，2.你即將付出比少年時更大的代價？

畢竟，**人生的機會成本**，**遠比會計財務報表的數字**，**更教你觸目驚心**。當你負氣離開一段令你不愉快的關係，表面上彷彿沒事了，你再也不用看到你討厭的人、面對你心煩的事，但天涯海角，你能逃到多遠、離開多久？

有一天，當你年紀大到必須再回來面對所有的失去，是否真能無悔無憾？告別的父母、辭去的工作、分開的伴侶、捨下的孩子、拒絕的朋友……，多年以後，那些永遠不再有機會遇見的，或在人生另一個角落重逢的，回想起他們，你的心情是否真正平靜？

以下是一個朋友的真實經驗分享。他曾經是家裡最受寵的、排行最小的兒子，結婚又離婚後，父母相繼重病，當年的他無法承擔這樣的壓力，無論心理上的、或是經濟上的，對他而言都是重擔。他為了顧全自己的生活享樂，假借工作轉換的理由逃開，把照顧父母的責任，全部丟給經濟上比他更弱勢的哥哥。沒有多久，父母先後走了。失去至親的痛苦，讓他悔恨終身，因此借酒澆愁，逐日上癮。他承認自己最大的問題是：從頭到尾都不夠勇敢。當年，他以為只有立刻脫離那樣力不從心的處境，才叫做忠於自己；後來，終於知道，他從來沒有真正面對過自己。

另一個朋友，則是轟轟烈烈地在辦公室和宿敵大吵一架後，冷不防地丟出辭呈，放棄原本優渥的公司福利，轉職後積極想要東山再起，但只要碰到人際關係的問題，他就欲振乏力。

真正的忠於自己，並非捨棄和別人的關係，而是讓自己的情緒不受這段關係影響。當我們的內在足夠成熟與自信時，就不會以離開另一個人來救贖自己，而是勇敢面對這段關係，重新修復在關係中不斷受傷的自己。否則，你會愈來愈不夠自信；而且類似不美好的關係，會在另一個地方不斷考驗著你。

或許你終究會離開，但該是在問題被處理或解決之後才轉身而去，絕對不是在負氣或畏懼中告別。

若只是瀟灑地立刻離開一個（或一群）你不喜歡面對的人、一段你無法應付得來的關係，當下似乎是完全地得到解脫，但那只是暫時擺脫掉你不願面對的問題，永遠無法甩掉的是你內心的情緒。

在人際關係上，所謂的「不用刻意再勉強自己」，是指你有能力處理問題，而不是一味地逃避。丟下一句：「我不想跟你玩了！」從童年到老去，你會懂得不同年歲時說出這句話的意義，有多少差距。就算彼此關係永遠無法圓滿，至少願意放下恩怨之後，再千山萬水獨行，且讓此後笑傲江湖的身影，能多一點自在與自信。

02

小劇場×內心戲

看著新聞報導，那些搶劫、失火、政府加稅、行車記錄影片……，宗翰內心突然煩躁起來，忍不住上了批批踢，劈里啪啦地打了一大串字，盡是感嘆與評論。突然看到某一則留言回道：「大大，最近很憤青齁？」宗翰不禁怔住，最近怎麼看什麼都不順眼？你認為他該怎麼做？

☐ A. 留言坦承自己就是意見多、不好相處，那又怎樣？!

☐ B. 邀請對方繼續說更多一點，以了解別人的想法，和自己有什麼不同。

☐ C. 幽默回覆：「我不是憤青，我是憤老！果真時不我與。」

☐ D. 感謝對方提醒，從此克制自己的發言。

☐ E. 覺得這個人根本是裝熟，直接封鎖他。

大人的成熟指標

善於獨處，也樂在相處

你毋須取悅任何一個人，但也不要看誰都不順眼。

若是你的年紀愈活愈大，
在人際關係中依然不斷衝撞，
把人生的道路愈走愈窄，
還自以為是地說「朋友在精不在多」，
很快就會讓自己步入
「與天下為敵」的絕境。

自從台灣跟隨日本的腳步，快速成為高齡社會的先驅者，很多重視熟齡人口心靈成長的觀念被大量分享。但流傳在手機與網路上片段的勵志故事，未必是完整且適切的建議，**有些看似正面的座右銘，其實暗藏負面的玄機**。必須深入創作者當時起心動念的意涵，再決定要不要採納奉行，否則很容易誤人誤己。

例如：日本作家岸見一郎主張每個人都應該有「被討厭的勇氣」，他的初衷不是要教讀者變得白目，而是根據阿德勒心理學的原理，在人際關係受挫時，分清楚「這是誰的議題」？若是對方的議題，就不用刻意勉強自己，更不要為了討好對方，而扭曲自己。

類似的觀念，常被斷章取義。當讀者看到「你不必刻意討好別人！」時，內心都覺得超爽，立刻讓自己來個大解放。於是，粗魯的言語、莽撞的舉止、失禮的對答，變本加厲地出現在日常生活中。其實這些脫序的言行，不但傷害對方，也折損自己。

我常想提醒讀者：你毋須取悅任何一個人，但也不要看誰都不順眼。若是你的年紀愈活愈大，在人際關係中依然不斷衝撞，把人生的道路愈走愈窄，還自以為是地說：「朋友，在精不在多！」很快就會讓自己步入「與天下為敵」的絕境。

這時候的朋友人數，已經不是「精」或「多」的問題，而是四面楚歌，根本連一個可以信任的朋友都沒有。唯一或唯二，少數一、兩個還願意跟你打聲招呼的人，是因為他們修養好，不是因為你個性好。

當你不再是少年十五二十時，可以盛氣凌人的年紀，別再試著依靠特立獨行的言論、叛逆不羈的態度來闖蕩江湖，藉此博取注視或認同。**若年紀愈大，愈愛嗆聲，從「憤青」變成「憤老」，不停地到處開罵，只會被人看到你不合時宜的牢騷滿腹，而不是為人應該有的智慧從容。**

其實我常刻意保持高度覺察，無論進行廣播節目或與人交談，一定盡量保持心態及語言的正向互動，深怕批評別人時口沒遮攔的犀利尖酸，流露出自己心裡的老態龍鍾。

年紀愈來愈大，生理功能愈來愈退化，心智與靈性一定要逆勢成長，否則整個人生必然暮氣沉沉。

學會寬容，隨順於人際關係的緣分，不強求、也不孤傲，才能平心靜氣看待別人，珍惜每一次相遇。

所謂的人生智慧，
有時候不是累積多少經驗、
學到多少本事、擁有多少聰明，
只不過是把一件事情的真相看清楚，
簡簡單單直指問題的核心所在。

03

小劇場×內心戲

團體中有一位不相熟的朋友，大家對他的普遍認知是「此人有點白目」。聚會時，他突然出現在你面前，無視於你正在和別人講話，就無厘頭地冒出一句：「你這件上衣很好看，在哪裡買的？」你會如何回應？

☐ A. 感覺自己被打擾，完全不予理會。
☐ B. 先暫時忽略他，當作沒聽清楚，但會看他一眼，等他問第二次再說。
☐ C. 中止和別人談話，認真而友善地回答他的問題。
☐ D. 請他先稍候一下，等你結束正在進行的話題後，再回答他在哪買的。
☐ E. 先將正在和別人進行的話題結束，回頭再問他：「你剛才是否有問我問題？」

大人的成熟指標

平靜而客觀地面對流言蜚語

太在乎別人的看法，是因為對自己沒想法。

當自己總是站不穩，隨便被路人無故輕輕碰撞一下，很容易就跌個四腳朝天。

當你站得夠穩，內心堅定，即便流言再多，都可以任它隨風。

到現在你還會為了別人無心或有意的一句話，而耿耿於懷嗎？甚至更嚴重一點，你還會為了多年前別人對你當面講過的、或在背後說過你的一句話，至今心中仍有罣礙嗎？

不值得啊，親愛的，通常是「說者無心，聽者有意。」即使那些人講話的當時確實有點刺痛你，但他們應該萬萬沒有想到，竟然可以把你傷得如此徹底。更何況，有些人事後還會辯解說：「你多想了！我根本沒有那個意思。」如果你鼓起勇氣去求證，對方甚至可能會有更令你瞠目結舌的反應：「是嗎？有嗎？我沒那樣說過吧。」

這時候，你就因此而真正釋懷了嗎？恐怕沒有吧，你可能更氣了，氣對方不認帳。只是你到現在竟然還是沒有想通，**其實你是在氣自己。氣自己為什麼那麼脆弱，被別人一句話，傷得那麼深、那麼久。**

年少的時候，難免有些在朋友之間傳來傳去的流言，只要其中隻字片語跟你有關的，你都有一種無故被流彈打到的委屈。他們或許誤解了你，或許即使部分是事實，也不該有這樣背後說三道四的閒言閒語，漸漸地累積成在你自尊傷口灑鹽的鹹言鹹語。只不過「無聊空閒」的「閒」，變成「味道很鹹」的「鹹」，你始終覺得對方言重了，讓你在事過境遷的多年以後，竟然還回味至今。

假設這個人，是你最在意的對象，或許你們之間還有一些值得努力理解彼此的空間，可以試著去打開心結。相對地，如果這個人，根本是無關緊要的對象，而他的幾句閒言閒語，竟困住你這麼久，是不是很不值得呢？

當我們愈活愈成熟，對人情世故多些了然，也對自己多點自信，會漸漸明白：若太在乎別人的看法，其實是因為對自己沒想法。當自己總是站不穩，隨便被路人無故輕輕碰撞一下，很容易就跌個四腳朝天。當你站得夠穩，內心堅定，即便流言再多，都可以任它隨風。

難就難在如何分辨，究竟是「自己的道理，基礎不夠穩」，還是「別人講的話，力量太巨大」？**面對批評或誤解的時候，「有則改之，無則加勉！」**（語

我們每天醒來要學的新課題，
不外乎就是為了
繼續幸福活著而勤奮努力。

出《論語．學而》）**的古訓，可以讓我們學會對忠告虛心改進，讓流言雲淡風輕**。保持平靜而客觀的態度，面對流言蜚語，不加以論斷是非，反而好奇地想聽聽看別人是怎麼說的？這種開放的心胸，足以幫自己減少樹敵的可能，同時吸取成長的養分。

成熟人格所擁有的幸福之一是，懂得反躬自省之後，你再也不用費心對別人解釋什麼，只要可以跟自己過得去就好。能懂你、理解你、體諒你的，就繼續做朋友；那些需要費盡唇舌、還不見得能講清楚的人，就讓他們路過吧。

04

小劇場×內心戲

明天就是高中同學會了，小玲本來答應要參加，此刻卻緊張起來！不知道嫁給富二代的婷芳是不是還旅居美國？那個學霸岑麗據說拿到法國博士後在聯合國擔任文職？而小玲覺得自己好普通。這場同學會，可能就是檢驗彼此畢業後的成績單，小玲該去嗎？你覺得呢？

☐ A. 既然自己根本沒有準備好，不如臨時編個理由，婉拒出席，以免出糗。

☐ B. 至少在外型、衣著、配件上不能輸，把握時間打點，以期明天盛裝赴約。

☐ C. 精心準備小禮物給同學們，畢竟個性善良才是自己最大的財富。

☐ D. 藉此機會重新建立自信，告訴自己「比上不足，比下有餘」。

☐ E. 回顧當年的純真友誼，放下尊嚴的虛榮，坦然無畏地赴約。

大人的成熟指標

不輕易評斷另一個人

容許對方在你眼中做自己。他好過，你也好過！

天下最難的事之一，
就是可以在幾秒鐘之內把對方看透，
卻又不說破，任他在你面前原形畢露，
你卻能看到他最值得珍惜的那一面，
而不會因為其他醜態就把他封鎖。

經歷過很多紅塵俗事，若還看不清楚人情世故，常被說成「白目」，固然不可取；但若凡事洞察細膩，一眼把人看穿，內心旁白註解很多，也不太好。對於人際關係，無論是過度白目、或敏銳精準，看似兩個完全相對的極端，卻都有共同的結果，就是：交不到幾個好朋友，甚至無意間到處結仇。

天下最難的事之一，就是可以在幾秒鐘之內把對方看透，卻又不說破，任他在你面前原形畢露，你卻能看到他最值得珍惜的那一面，而

不會因為現出醜態就把他封鎖。

你知道，**人都沒有完美，包括我們自己也都不完美，何必再以「追求完美」的理由，對自己和別人苦苦相逼**。

在人海中，看過潮起與潮落，經歷不義與背離，能夠給自己最好的禮物，莫過於：容許對方在你眼中做自己。他好過，你也好過！

甚至，相對地換個角度來說，能容許對方在你眼中做自己，你也才能夠放心地在他面前釋放自己最真誠的一面。

當下只憑第一印象就去評斷別人，有很多時候只是為了證明自己比對方優秀。即使心中明明認為，對方比自己有錢、有成就、有理想、有未來，你至少還是可以證明自己的眼光比他好。

輕易評斷別人，是一種很大的傲慢，會立刻拉開你和對方的距離。無論事實是否就像你觀察到的那樣，無論你是否把這些見解講出來，都已經傷害到對方，也傷害你自己。而且，也會因為這樣的評斷，失去進一步了解對方其他面向的機會。

面對人際關係時，具備同理心，是讓自己的內在可以慢慢成熟最基本的第一步；設身處地為對方著想，即使看到他的缺點，也能夠體諒他的情非得已。等內在修練到更成熟的階段，就擁有更深厚的慈悲心，看人的眼光不再只是根據世俗的標準，而是依循靈性的教導。

你將知道：**世間所有的相遇，都有深厚的意義。所有你眼中的好人都是貴人，他們來讓你知道什麼是愛、什麼是感恩。所有你看不順眼**

的壞人都是你的導師，他們來教會你學習如何放下、如何原諒。

而好人和壞人，也都只是一線之隔。端看你在什麼時候碰到他，以及你站在哪個立場詮釋他對你的意義。當初被嚴格的主管錄用時，你感謝他的知遇之恩；爾後在工作上被他無盡挑剔時，你覺得他是惡魔。被前任情人折磨到恨意難消時，你覺得他簡直不是人；分手多年以後，你感謝他讓你懂得放下。

即使只是無意間在小吃攤被併桌的對面客人，也毋須評斷他的吃相與言談，他只是一面鏡子，讓你看見自己。

謝謝你
讓我看見自己
原來所有的憤怒
只是我對自己的軟弱
感到無能為力

05

小劇場×內心戲

「又是我！」宏賢心裡嘟囔著。陪老媽買菜是我，帶老爸去醫院掛號、看診、拿藥也是我。老爸半夜起床跌倒傷了腿，連忙叫救護車掛急診，那地獄般的兩個星期，公司、醫院兩頭跑，大哥和小弟卻只出現兩次。就因為宏賢單身？你覺得他要如何解決這個困境？

☐ A. 跟家人好好溝通，要求「有錢出錢」、「有力出力」，公平分配任務和支出。

☐ B. 以「百善孝為先」、「多做多福報」，勸勉自己繼續努力盡孝。

☐ C. 找理由故意擺爛幾天，讓手足知道自己心情不爽。

☐ D. 珍惜和父母的緣分，把握付出當下的過程，學會在辛苦中體驗幸福。

☐ E. 透過手機發訊息，把兄弟罵一頓，叫他們回來面對處理。

大人的成熟指標

願意無條件對另一個人好

最勇敢的付出，
不是給得多少，而是給得甘願。

家中的單身子女，常有機會在親族中扮演「付出者」的角色。
既要照顧長輩；也需疼愛晚輩。
有時候，是自己主動願意勇往直前。
有時候，是被情勢所逼而站上火線。

付出，是不求回報的！

從小到大，你聽過幾次這句話？百遍、千遍、萬遍、不計其數的幾千萬遍……，但是，你看到誰真正做得到呢？

人與人之間的關係，一旦有了或多或少的期望，就可能會有或大或小的失望。在家庭的成長過程中，這樣的期待與落空尤其明顯。

在學的時候，如果你以「做個乖孩子」或「把書讀好」來迎合爸媽的期望，當你不論如何克盡全力，還是無法得到父母的肯定與垂愛，甚至他們就是偏心於你的其他手足，終究會讓你心灰意冷。關於所謂「孝順」這件事，你能有多少平常心？

等到你成為有經濟能力、而且可以行動自立的父母，確實不要求子女回報，但內心難免對孩子有所期望，當未遂己願而產生悵然若失的心情，所有的付出就夾雜著感嘆。

曾經以為，世間最無私的付出，是父母對子女的愛。但世間還是有些父母，在無私地付出全部的自己後，仍會對孩子的表現感到失望。父母未必是要孩子回來盡心盡力地奉養兩老，但至少希望孩子像個樣子，不要變了樣。

再看看那些長大後的子女，對銀髮父母的孝道，夾雜著手足之間付出的比較，邊做邊罵。理智上明明不期待父母回報，也不奢望手足分擔，但夜深人靜時，總有千萬個「為什麼」浮現心頭。

愈是把「甘願做，歡喜受」這句名言放在嘴邊的人，心底往往愈容易感到失落。所謂的「甘願」與「歡喜」之間的距離，究竟有多遠？只有在驀然覺察自己有失望情緒的時候，看得最清楚。

家中的單身子女，常有機會在親族中扮演「付出者」的角色。既要照顧長輩，也需疼愛晚輩。有時候，是自己主動願意勇往直前。有時候，是被情勢所逼而站上火線。有人，愈做愈勇；有人，撐不下去。兩者差別的關鍵在於，心力交瘁之前，能夠先體認到這個宇宙無敵的真理：最勇敢的付出，不是給得多少，而是給得甘願。

幼稚與成熟之間，最明顯的分別，
就是「對自己負責」
這一條簡單又明顯的界線。

當我們發現：**自己雖有心意、有能力要付出，但只要給得不夠百分之百甘願，就足以彰顯內在的懦弱。此刻的不夠勇敢，是給自己懺悔的提醒與機會，要往更甘願的方向去努力，而不是盲目地付出更多。**

從某個角度看來，對陌生人的付出，彷彿是比較容易不求回報的。如果對方處於很弱勢的狀態，或彼此只是短暫地萍水相逢，你根本不可能對他有任何期望，就不會有失望了。

這個想法，其實似是而非。問題不在對方身上，而是在於自己。如果你對陌生人的付出，夾雜著「自我實現」的欲望，付出愈多，野心愈大，原本單純助人的好意就會變質、甚至失控，造成始料未及的災難。你必須徹底放下「行善」的念頭，才能做到最無私的甘願。最後，連得到快樂的企圖都沒有了，就只是很單純地願意去付出而已。

06

小劇場×內心戲

葳葳每天早起為家人弄早餐，緊接著衝去市場買菜，下班後趕快煮出四菜一湯，伺候丈夫和孩子吃飯，邊吼孩子寫功課邊洗碗，接著匆忙洗完戰鬥澡，趕孩子入睡後洗衣服，還要再做隔天上班的報告。夜深了，心也累了。年復一年，葳葳覺得她最好的青春都在柴米油鹽中度過，想著這些值不值得？你認為她最優先該做的是？

- ☐ A. 找時間和丈夫聊聊，為什麼家務分工會變成這樣，都要自己一肩挑？
- ☐ B. 徹底列出改變計畫，比如辭職或換工作，拒絕再過這樣兩頭燒的日子。
- ☐ C. 大哭發洩後，檢視自己的心態，學習從中找到快樂與自我價值。
- ☐ D. 決定對自己更好一點，買喜歡的東西和訂媽媽放假日犒賞自己。
- ☐ E. 放下奉獻主義，訓練孩子洗碗，幫忙做家事。

大人的成熟指標

不必為另一個人犧牲自己

若真是出於自發性的割捨，
就不是犧牲，而是收穫。

為愛無私的付出，的確非常感人。
但是，如果付出的起心動念裡，
帶著絲毫的委屈，這份付出的好意，
就在不知不覺中，
變成一種給對方的情緒勒索。

為所愛的人付出，尤其是無條件的給予，是多麼珍貴的心意與過程；但這份付出，卻經常變了調，讓彼此的關係在互動中變得緊張，甚至在付出到山窮水盡之後，換來對方的無情背叛。

為什麼會這樣呢？

一位學員向我傾訴，她過得很不快樂。參加過我主辦的幾次靈性療癒課程，她頓然發現自己不快樂的原因，是來自母親長年對她的「情緒勒索」。

回憶成長過程，任勞任怨的母親，一直以來就是愁眉深鎖。母親真的是傾盡全力，在照顧這個父親角色失能的家庭，一肩扛起家計的重任，雖然母親沒有言語或肢體的暴力，但確實沒能夠給子女溫暖的擁抱。

孩子的心都是敏感的，知道母親為家庭付出早已身心俱疲的辛苦，也能體會那份獨力養家的孤單與寂寞，但這段親子關係中，**有多少說不出口的感謝，就有多少難以言喻的疏離，隨著歲月的增長，彼此的心就拉得更遠。**

母親重症臥病之後，她多次想鼓起勇氣，要在床榻旁邊談心，卻換來更哀怨的眼神。直到她連自己都被檢查出乳房病變，從X光片到更多的影像掃描，一路望出去，彷彿也很容易看到各自人生的終點，母女和解的必要性與急迫性，才讓她真正變得勇敢起來，跟母親聊到成長歲月中的種種壓抑。

當她一點不意外地聽母親說出：「我這一輩子最好的時光，都為這個家庭犧牲了。」說這句話時的哀傷，也勾起她如此熟悉的委屈感，正是單身的她心中無數次深刻的吶喊。沒有好好被愛的命運，如母女之間的基因遺傳，也像是很多東方女性的共業，只懂得用無盡的付出讓自己心安，而不知道如何正確面對自己的心態，才會導致惡性循環，愈是想要為愛付出，自己卻愈不快樂。

為愛無私的付出，的確非常感人。但是，如果付出的起心動念裡，帶著絲毫的委屈，這份付出的好意，就在不知不覺中，變成一種給對方的情緒勒索。表面上，並無所求的情操，讓彼此的關係顯得非常高尚；內心裡，卻常為了對方的不知感恩圖報而萬分失落。

所有認為自己是被環境所迫而付出的人，明明心中是不求回報的，卻還是難以避免委屈的情緒，而變成向對方討債般的勒索。因為彼此的互動過程中，會不斷出現「我為你犧牲這麼多，難道你從來都沒有感動過？」的申訴，讓付出與得到的雙方都有壓力，而不快樂。

同樣都是付出，一念之間的差異，結果卻如天壤之別。若認為自己所做的一切，真是出於自發性的割捨，就不是犧牲，而是收穫。**真正的任勞任怨，是連自己在付出都不會有特別的感覺，也沒有任何的期待。**一句「這些都是我應該做的」，並不是客氣的場面話，而是一種認命、一種安分。甚至還會感恩地想著：「謝謝命運給我這些挑戰，讓我證明自己可以勝任。」無論付出的對象是誰，後來有沒有得到什麼，在做的當下，就已經獲得無限的滿足與快樂，而其中的自我肯定，就是無價的收穫。

不要拿愛
當作勒贖的工具
付出
只是證明自己
有無條件給予的能力

07

小劇場×內心戲

一直都是好人，這是安安對自己的評價。幫忙排隊買演唱會門票？沒問題，儘管這個樂團她一點都不愛。可不可以幫忙列印文件裝訂？好啊，反正我做比較快。甚至安安的男友「借」給閨蜜，幾次接送情後，男友也就被接收過去了。「我一直都是個好人，但誰來對我好？」這是安安心底的無聲吶喊。你覺得她該怎麼做？

☐ A. 忍耐著以「做功德」的心情，繼續服務眾生。

☐ B. 適度延遲答應或委婉拒絕別人的要求，幫他們找替代方案解決問題。

☐ C. 硬起來直接說：「不！」做自己生命的狠角色，不再委曲求全。

☐ D. 學會看自己實際狀況而考慮幫忙別人，不再照單全收。

☐ E. 開始裝可憐，說自己最近身體不好，心有餘而力不足，無法再隨傳隨到。

大人的成熟指標

勇於拒絕被當成工具人

拒絕當免插卡的提款機，你得先拔掉自己的插頭！

有能力、有專長，能被別人利用，固然是好事；但若不想被予取予求，就先設定自己的底線，以及付出的原則。讓自己活得自在一點，不必打腫臉充胖子。

雖然我說過：**「人生的最高價值，是把自己有用之處貢獻在別人需要的地方。」無論是否有所報償，能「被利用」，是一件值得欣慰與驕傲的事情。**但若修行尚未到達很高的境界，卻又碰到刻意貪小便宜的人，對方真的是打定主意、甚至不懷好意地就是要來「利用」你，而且只為了滿足他個人的私心，並不是造福於大眾，這時候的「被利用」，就不會是太好的感覺了。

一位擁有多種才能的朋友，平日樂善好施，常常無條件幫忙別人，無論是認識或不認識的對象，只要提出求助，他都來者不拒。最近，他卻有點情緒低落，甚至懷疑自己過去的作為是否太傻了。

原因是網路上有些不認識的朋友，透過社交平台請他幫忙，他都無條件答應對方，幾次下來，對方就很習慣性地針對他所擅長的技能予取予求，甚至沒有打聲招呼就直接盜用他的學術文字或教學影片；更過分的是，平日從未聯絡的陌生網友，還會突然敲他，要求立刻提供協助，既沒有開場白、也沒有日常問候或招呼，就直接說：「我現在很需要你幫我……」

這位朋友跟他的好友傾訴困擾，然後說：「我感覺自己是一部不用插卡的提款機。」言下之意，就是任何人不需付出代價，都能向他盡情索求。好友聽完後，給他的建議是：「若要拒絕當免插卡的提款機，你得先拔掉自己的插頭！」

我覺得這句話說的很好。若不想被予取予求，就先設定自己的底線，以及付出的原則。讓自己活得自在一點，不必打腫臉充胖子。

活到一定的年歲，很容易因為聽多了「甘願做，歡喜受」這類勵志座右銘，就以為自己可以徹底奉行。其實，若沒有真正評估過內心的意願，只是初步認為自己能夠勝任，就以為可以對別人全心全意地付出，並且承擔一切的毀譽，就未免太天真了。這樣的付出，容易有怨、有悔。尤其是當對方把你的付出視為理所當然時，更會讓你有「我真是白痴」的感慨。

有能力、有專長，能被別人利用，固然是好事；但是，在你尚未修練完成之前，不妨設定一個練習模式，**先從你願意無條件付出的對象開始，而不是開放**

在忙碌的動作之餘，
是否可以讓自己的心，
不要操之過急。學會讓自己放鬆，
才能真正放下。

給所有的人，並且設定自己付出心力的底線，不要超過這個你所能容忍的尺度。等到「需要事先插卡，才能提款」的機制成熟，慢慢再往「毋須插卡，就能提款」的方向努力。

以上這個建議模式，提供給必須從「小愛」延展到「大愛」的人參考，但並非適用所有的人。

這世間確實還有另一種人，一開始就能啟動心中無限的「大愛」模式，不管怎麼被佔便宜、被欺負、被凌辱，都能夠無怨地付出。這種修為，已經是靠太陽能發電了，不必插頭，就能讓別人無限制提領。

更奇妙的是，這種人再怎麼提領，他都不會山窮水盡。秘訣是：因為心無罣礙，所以才能愈給愈多。

▼ Level 2 ▲

愛情哲學

在情感態度上，懂得真正愛自己。

你和愛情幾分熟？
這問題的答案，往往是你沒愛或不愛的時候，看得最清楚。

08

小劇場×內心戲

「等我。」這是阿強赴美留學前，在機場緊緊抱住宜貞，在她耳邊輕輕說的一句話。阿強說得很輕，但宜貞卻聽得很認真。三年來，每一場聯誼、爸媽逼去的相親，新認識的男生中有人追求她，宜貞都仍忘不了那句耳語。直到收到阿強的喜帖，宜貞這才知道，她，一直都是一個人。你若是宜貞，會怎麼看待這個局面？

☐ A. 覺得自己完成階段性任務，無愧我心！大哭一場後，重新出發。
☐ B. 怪自己痴傻，過度信任對方，笨得沒藥醫。
☐ C. 隔空痛快詛咒謾罵無情無義的男人，以洩心頭之恨。
☐ D. 立刻從曾經想追求她的男生中，挑一個順眼的出來吃飯、聊天。
☐ E. 將這幾年的心情化為一封祝福的信，寄給對方後，回來好好珍愛自己。

大人的成熟指標

一個人，不再刻意等另一個人

按照自己的節奏，悠悠漫漫地向前走，既不為誰刻意趕路，也不為誰耽誤停留。

一個人，不需要特別花心思去等另一個人！你走你的路，你過你的生活，你就得到自由。美好的相遇，若會發生，他自然會出現在他該出現的時候。

終於躲過青春懵懂的那一場槍林彈雨，包括：傷痕累累的戀情、親友的殷殷追問、別人放閃的幸福，你不知不覺走在單身的這條路上。

他們並不明白，你也不想交代——其實，感情的這條路，永遠有不可預期的未來。只是經歷了這麼多事，經過了這麼多人，你已經決定不再自我設限。未來的旅途，若真能有個志同道合的旅伴也好，若要一個人靜靜走下去也好，你不強求，也不放棄。你只想一個人，按照自己的想法走。

你終會懂得：愛，不再是汲汲營營向外追求的結果；**愛，會在輕輕鬆鬆放下渴求之後主動來找你。雲停雲走，花開花落，都是美好的經過。**

一個人對感情發展的態度是否成熟，並不取決於是否已經確認要單身一輩子、或確定無論怎樣都必定要結婚生子，其實這些選項都不重要，而且不論選哪一個也都可能會幸福，真正的關鍵卻是：在單身、或有伴的時候，心中是否永無止境地存在被愛的渴求？

於是，一個人不再等另一個人。你只是按照自己的節奏，悠悠漫漫地向前走，既不為誰刻意趕路，也不為誰耽誤停留。美好的相遇，若會發生，他自然會出現在他該出現的時候。你不再遠眺，也不再回眸。相遇的那一刻，彼此溫柔對望，各自心領神會，雙方來得正是時候。

你若習慣等一個人，總是會等過頭、等太久。你會等到天荒地老，等到心意乾涸。並非是對方毫無良心地姍姍來遲，而是因為你無時無刻不有「等」的念頭，再多青春，都換白頭。

單身的時候，你自己就可以完整自己；有伴的狀態，你也不奢求對方可以給予什麼。圓滿，是一種心靈的知足，而不是從對方身上得到彌補的渴望。當你學會：一個人，不需要特別花心思去等另一個人！你走你的路，你過你的生活，你就得到自由。唯有自由的心，會讓雲的姿態舒展，會讓愛的花朵盛開，會讓風的幸福綻放，會讓值得相遇的另一個人前來。

在愛的旅程，不必苦苦追求，不用殷殷等候，聽從自己內心的節奏，當下就能和幸福相遇。

09

小劇場×內心戲

大仁和玉青是青梅竹馬……喔，不，是好哥兒們。一起翹課，一起偷罵補習班變態數學老師，一起考大學，一起失戀。曾經在一次喝酒澆愁的場合上，兩人開玩笑說，到三十五歲還沒好對象就結婚吧。明年就是約定期限了，玉青綜合評估大仁的外在與經濟等條件，他其實是個不錯的結婚對象。你認為玉青該按照約定嗎？

☐ A. 姻緣天注定，無巧不成書！既然時機已成熟，不要再錯過。

☐ B. 約對方喝咖啡、聊天，仔細觀察並多了解彼此的想法，再做決定。

☐ C. 那很可能只是酒後一時玩笑，千萬不要當真。

☐ D. 感情和結婚，不能靠年紀與約定，要看是否有愛的化學反應。

☐ E. 兩人都累了，就在一起吧。願意認分，就會幸福。

大人的成熟指標

期待緣分的同時，讓自己做好所有準備

在遇見對的人之前，必須先勝任成熟的自己。

當一個人能再遇到另一個人，而且是對的人，
表示你已經成熟到足以勝任，
成為一個不會經常在感情上犯錯的自己。
剩下的，就交給命運與緣分吧。

當一個人，懂得不再刻意等待另一個人的出現；這一個人，若還能再遇見另一個人，就真的是世間可遇不可求的奇蹟。

那會是在茫茫人海中，最幸福的相遇。四目交接的剎那，兩心已經相知相許。**這跟年少時的一見鍾情，百分之一百的完全不同。不再是盲目的興奮、不依靠化學賀爾蒙、更不是飢不擇食的衝動，而是一種前所未有的篤定。**用不著擔心失去或錯過，也不必刻意駐足停留，你就是清楚明白地知道：這個人將是往後生命中一個重要的伴侶。

不必刻意打聽他的過去，直到他願意主動告訴你。難能可貴的是，他內心的傷痕已經痊癒。儘管你帶著豐盈的愛前來，願意為他撫平之前不幸的記憶；但他百般珍惜與感恩，引導你把愛用在共同創造人生下半場的幸福際遇，而不是療癒他的過去。

你不必惶惶不安地隱藏自己，也不用慷慨赴義般地傾盡所有。對你而言，他問或不問，都不是愛與不愛的證據。全然的信任與尊重，讓大人的情愛，得以

等一個人的咖啡太苦澀，
會讓人心悸；
巧遇而一起喝杯咖啡，
時時刻刻總是驚喜。

沒有負擔，而開展未來。

單身男女，對緣分最優美的姿態是：既不主動追求，也不輕言放棄。若還能相愛一場，最珍貴的方式是：依然可以在兩個人的關係中，做真正的自己，而且是成熟的自己。

許多人雖然嘴上不說，心裡卻殷殷期待著緣分的奇蹟，暗暗渴望著再好好被愛一次的可能。

如果你在感情路上，過去已歷經滿身的滄桑，心底殘留著萬分的疲憊，正試圖耍賴或百般依賴，希望對方可以把你當孩子般疼愛，那就是非常危險的警訊。代表眼前你所遇到的這個人，應該不是可以跟你繼續下半生的旅伴，他的勇敢與堅毅，是你自己幻想出來的。即使他足夠勇敢與堅毅，也無法在你的耍賴與依賴中長期留下來。

當一個人能再遇到另一個人，而且是對的人，表示你已經成熟到足以勝任，成為一個不會經常在感情上犯錯的自己。剩下的，就交給命運與緣分吧。前世因緣若有未了情，這一生肯定會與同修的對象重逢。

一個人，若始終沒有再遇到另一個人，很可能只是因為愛情已經不再是此生必修學分，你可以把剩餘的心力，用來選擇另一個學科或議題，多下功夫完整自己。

10

小劇場×內心戲

儘管淳美結婚多年，孩子都生兩個了，她心裡有個秘密一直沒說。那就是她還深愛著大學初戀男友。這段純純的愛戀，被她密封在心底深處，每當吃著常跟初戀男友一起吃的傻瓜乾麵時，她的嘴角就漾起傻瓜般的微笑。她也常常偷看他的臉書。最近發現，初戀男友好像出了車禍，需要休養半年，淳美該表達關心而重新聯絡嗎？

☐ A. 若只是單純針對生病表達關心，有何不可？就去做吧！

☐ B. 確認雙方是否真能「發乎情、止乎禮」，恢復交友也沒關係。

☐ C. 默默關心與祝福，不要採取任何行動。

☐ D. 大人情慾最危險，絕對不能輕易跨出這一步。

☐ E. 另開立一個假帳號，用化名加對方做朋友，展開虛擬無害的婚外情。

大人的成熟指標

可以很優雅地暗戀另一個人

善於經營曖昧的關係，反而更可能天長地久。

情路，那麼短；曖昧，這麼長。

我們終於慢慢學會享受

用傾盡餘生去保持友誼距離的曖昧。

看看他的笑容、聽聽他的聲音、

讀讀他的訊息，就已經心滿意足。

年少時的曖昧，多半是苦澀的。「把一個人放在心裡，就是永遠！」這句話若要拿來玩文字接龍，往下繼續做文章，體驗過種種愛恨歡悲的大人們，勢必懂得，因為生命階段的不同，而有截然迥異的答案。

青春歲月對於感情的表達略為怯懦，相對擁有的是彷彿一生都受用不完的勇氣。此刻，與其痴心暗戀，不如開心告白。否則，「把一個人放在心裡，就是永遠！」這句話，將會變成是「把一個人放在心裡，就是永遠的**遺憾**！」

你遙遙看著對方，遲遲不採取行動，對方忽然投入別人的懷抱，只剩下你的扼腕。那時候，你的感嘆真的沒錯——「我的條件並不比那人差，只是膽識輸給他！」

後來，你漸漸長大，也學些聰明，不想再錯過。只要意識到喜歡對方已達某種程度，從暗示、明示、到告白，多多少少會用點心機讓對方知道。成功過，也失敗過。無論長長短短、濃濃淡淡，一段又一段，直到感情歸零，又重回單身。當輕舟已過萬重山，回頭再看暗戀與告白、曖昧與交往，心中已經有截然不同的選擇。

年紀稍長一些以後，再有機會遇到心儀的對象，有時候是因為理性的評估大過感性的衝動，有時候是主觀的喜歡比不過客觀的相愛，並非完全沒有膽識，而是比膽識多了點智慧，知道此刻按兵不動的欣賞，更甚於開展激情的戀愛。

情路，那麼短；曖昧，這麼長。於是，成為大人的我們，終於慢慢學會享受用傾盡餘生去保持友誼距離的曖昧。大人的世界裡，一個人的曖昧，少了苦澀，多了幸福。不再渴求於生活完全地佔有，只是享樂於心靈片刻的擁有。看看他的笑容、聽聽他的聲音、讀讀他的訊息，就已經心滿意足。

你知道這樣的互動最好，你知道這樣的關係最久，你知道這樣的想像最美。和年少時的曖昧不同，你再不會給自己設限時間，你再不要逼對方水落石出，你只是遠遠地、淡淡地，浪漫於一種「我願意為你做任何事，但你可以不必相對付出」的那種情愫。至於身體親密接觸的意圖，對彼此來說，已經流俗。

熟成之身的乾柴烈火，不再是相愛兩個人永無止境的追求。或許，**耗蝕半生的尋覓與錯過，學會將生理的激情，擺放在可遇不可求的位置。終於，放下肉身的渴望，昇華靈魂的層次。**原來，一個人的曖昧，也可以天長地久。

「把一個人放在心裡，就是永遠的**浪漫！**」即使看起來真的只是朋友，想起對方時的眼角總是多了點幸福。當心已無所求、愛也無所得，年少時那股澎湃洶湧想要給對方的情意，終於化為成熟後的一抹山川靜好，可以淡淡分享給彼此的祝福。

當喜歡比愛
更能持續
沒有企圖要佔有
曖昧就浪漫了
友誼

11

小劇場×內心戲

在臉書看到前任情人結婚後不久，就生出一個可愛的男孩，頻頻發照曬幸福。你心中其實對他還有怨怒，看到照片都覺得噁心，不想理會，但沒想到有一天他竟私訊你，問候你：「好不好？」還對你說了：「對不起，我當年跟你交往的時候，做錯了很多事！」這時，你會有什麼反應？

☐ A. 完全釋懷，接受他的道歉，回訊祝福他。
☐ B. 傷痕未癒，又被他撩起痛處，回訊罵他。
☐ C. 刻意假裝沒看到訊息，不做任何回應。
☐ D. 心中有氣，但禮尚往來，簡單回「嗯嗯」、「我還好」。
☐ E. 義正辭嚴提醒他：「我們已經是陌路，請不要再聯絡。」

大人的成熟指標

能夠分辨及處理分手的場面話

我朋友夠多了，不差你這一個！

不要為了追求那神聖的友誼假象，隱忍著內心的憤恨或不滿，繼續跟對方維繫很表面的友誼。

畢竟，我們都慢慢長大，不需要再這樣對自己苦苦相逼了。

年輕時候對於處理愛情破裂的狀況，最大的迷思之一是：分手後，我們還是可以做朋友。有人以為，這就是愛情無以為繼之後的最高境界。但我的人生哲學從來不是這樣想的。

從二十歲到現在，始終如一，我的原則是：分手，就不用再見面了，**為什麼還要跟你做朋友？尤其，當我對你還有愛、或還有恨的時候！**分手的當下，若還要承諾彼此繼續做朋友，真是太虛偽了。

直到現在，都還會有年紀大約在三十歲左右的朋友，前來問我感情的疑難時，帶著相同的困惑。例如：「他脾氣很差，我打算提分手，但要如何說，才能繼續做朋友？」還有更扯的：「他劈腿背叛，我該怎樣處理，分手後還能繼續做朋友？」

我都會當頭棒喝敲醒他：「你是有這麼缺朋友嗎？」即使你真的寂寞到連一個朋友都沒有，在失戀之後，也毋須千方百計要跟對方繼續做朋友。更何況是那些脾氣不好、ＥＱ很差、有暴力傾向、品格低下、沒有道德感的前任情人，一概都不會是你需要繼續做朋友的對象。明明都該是要避之猶恐不及的，還做什麼朋友！你只需要安靜下來，先好好跟自己做朋友。

所謂的「好聚好散」，絕對不是百分之一百等同於「分手後，還要繼續做朋友」！分手後，不用反目成仇，只需要安靜地離開，這樣就很足夠。

分手後，可以馬上接著做朋友的前提，是你和對方相愛的時候，已經相處得像是朋友，彼此信任，很好溝通。無論分手前、或是分手後，其實你們已經是朋友。兩人之所以要分開，純粹只是彼此未來的人生目標不同，或相處久了之後發現兩人的價值觀變得不一樣，或你們成長的步調與方向有很大差異，你們之間沒有埋怨、沒有背叛，就算心底有傷，也可以透過自我療癒而復原，那就不妨繼續當朋友吧！

否則，不要為了追求那神聖的友誼假象，隱忍著內心的憤恨或不滿，繼續跟對方維繫很表面的友誼。畢竟，我們都慢慢長大，不需要再這樣對自己苦苦相逼。請放手吧！放過對方，也放過自己。

在愛的旅程，
不必苦苦追求，不用殷殷等候，
聽從自己內心的節奏，
當下就能和幸福相遇。

直到事隔多年以後，你已經完全放下。對於這段感情，心中已無風雨也無晴，只是存著一份感謝、一段記憶，若有機會再聯絡上，不妨重新考慮是否可以做朋友。或者很淒美地，你已經原諒對方的一切，但依然決定帶著微笑擦肩而過，當個什麼話都不必多說、彼此都已經了然於心的朋友。

12

小劇場×內心戲

叱吒情場多年的凱莉，原本對自己的新男友很滿意，小鮮肉一枚，笑起來頗有街頭男孩氣息，從事藝術工作的他也很有才氣。但交往起來才發現不是那麼回事，小男友太在乎自尊，兩人常常吵架。今天居然在床頭留了一張字條，說要分手！「從來沒人敢這麼對我！」你認為凱莉該怎麼做？

☐ A. 可以分手，但發訊息要對方說清楚、講明白，彼此不要有遺憾！

☐ B. 請朋友傳話給對方，說自己很委屈，看他怎樣回應再說。

☐ C. 想像對方一定有難以言喻的苦衷，就祝福他吧。

☐ D. 對方處理感情的態度不成熟，就不要跟他一般見識，原諒他，彼此都好過。

☐ E. 直接放棄這段感情，退回自己的心靈角落療傷。

大人的成熟指標

原諒並接納被辜負的離別方式

何必執著於華麗的轉身，就接受不告而別吧！

或許有一天，我們會恍然明白：
對分開的理由或許不是能夠完全釋懷，
但慢慢理解了其中
隱隱作痛的那份不得已。
願意接受對方的苦衷，
原諒就變得比較容易。

在人生的每一個路口，我們經歷過多少次「認真說了再見，後來卻再也不見」的遺憾；又曾經與多少位沒有特別想要再度見面的人，不斷地重逢？

所謂的「緣分」，或許是前世約定好的劇本，今生未能參透的因果，只能默默接納所有的相逢和離別。

相逢，無法事先預料；離別，似乎也難以掌握。無論曾經有過幾次痛徹心扉的告別，說再見依然艱難無比。如果你曾經很在意過一個人，面對不得不分開的時刻，應該會希望跟他好好說再見，認真地給彼此留下美好的印象，或許就只是一個華麗的轉身，也能減少離別的遺憾。

可惜，連這個你以為已經算是足夠卑微的願望，到最後往往也變成一種奢求。年輕的時候，和心愛的人分手，難免帶著情緒，無論憤怒或感傷，你就是再也無法以溫柔的淚眼，目送對方的背影。有時候，立場倒過來，是你負氣離開，連背影都不肯留給對方。

於是，不告而別，成為一種痛快

的儀式，既痛苦、又快樂。彼此懲罰，相互折磨，連離別都要如此淋漓盡致。

從年少的街頭，步入大人的巷口，回頭看看過往生命中的那些離別，無論是否好好說過了再見的，或是完全沒有道別就再也不見的，心中會多了幾分對自己的疼惜，以及體貼對方的苦衷。當我們對每一次的隨緣聚散，有了足夠的了然，所有的恩恩怨怨，都能雲淡風輕。

何必執著於華麗的轉身，就接受不告而別吧！或許有一天，我們會恍然明白：對分開的理由或許不是能夠完全釋懷，但慢慢理解了其中隱隱作痛的那份不得已。願意接受對方的苦衷，原諒就變得比較容易。

即使，當時只是你或對方的一時膽怯，無法面對必須分離的事實，而沒有能夠好好道別，那從未說出口的珍重再見，也能在心中歲月的長廊迴盪千百回。

年紀愈來愈長，愈來愈能懂得人生中的不告而別，並非只是怨嘆責備，而是感恩懷念。尤其，當你所要分手的不是一個朋友、也不是一個情人，而是一條生命的無端消逝，就會更加深刻地了解：不告而別，無憾地分手，也可能是一種幸福的選擇。

好友的父親，於睡夢中在清晨逝世。心肌梗塞，走得非常突然。剛開始的那幾個月，他對於沒有能夠和父親好好說再見，感到十分遺憾。直到他慢慢走出哀傷，才明白那或許是父親不願意讓自己的人生，最後在病痛中受苦度過的選擇。

其實每一天，我們都在與生命告別。**那些曾經說出口的、或是從來沒有說出口的再見，都無增無減於彼此的愛。因為愛，都會永遠留在你的心中，未曾真正離開。**

最深刻的不告而別
是為了替彼此保留
不必明說也能懂得的
美好

13

小劇場×內心戲

郁華的感情路一直不順，儘管她奮力去愛，勇敢嘗試，情人節仍舊一個人吃晚餐。今年她終於放下了，放下朋友的冷嘲熱諷，拋下爸媽的殷盼眼光，她決定給自己放一個月的假，情人節就當自己最好的情人，對自己說甜蜜的情話。但度假回來呢，你認為她該怎麼面對現實？

☐ A. 及早認清現實：人生，本來就只是一個人。

☐ B. 期勉自己做個「可以享受孤獨」的人，但也不排斥跟別人相處。

☐ C. 沒有情人，至少要有朋友！必須強迫自己積極拓展友誼。

☐ D. 可以孤獨，不能孤僻。多學點才藝，以防老年失智。

☐ E. 領養寵物，練習自己付出愛的能力，也可以滿足心靈的空虛。

大人的成熟指標

即使一個人，也可以好好過年

愈是孤單的時候，愈能夠跟自己團圓！

擁抱自己的優點，接納自己的缺點。
能夠理性地邏輯思考，也能感性地全然體會。
你，是如此的完整。
此刻，你終於可以和最真實的自己團圓。

自從父親過世之後，農曆年除夕夜，我家的餐桌都有一場「單身團圓飯」派對。媽媽、我，和幾位單身朋友圍爐，可以遺忘一點寂寞的悲傷，與增加一點年節的喜氣。十幾年來，有幾位客人是固定班底，另有幾位來來去去。

固定班底的，是因為一直處於單身狀態，若沒有刻意追求新的感情、也沒有特別的機緣降臨，似乎單身可以是人生很穩定的狀態，而且無怨無悔。

幾位來來去去的，各有不同的苦衷。有的是因為在感情中浮浮沉沉，有戀愛對象時，就去對方家裡吃團圓飯；只有戀情告終時，才會再回到我家「單身團圓飯」的餐桌上。另少數幾位不再出現的，是非常遺憾的理由，他們從人生舞台上消失，是永遠地缺席了。

感情和生命，都很無常。或許，這點認知，讓很多人因此學會要把握當下，珍惜相聚。但是，**除了把握當下之外，還有更重要的學習課題，就是：對於孤單的無憂無懼**。一個人來；一個人走。若你真的相信：「人生所有的相遇，都是久別重逢。」就應該可以接受：即使擦肩而過，也已經足夠。

生命中，確實有些節慶會讓我們很渴望與別人相聚，也有些心情會很希望與對方分享，但**面對可遇不可求的緣分，最好的安身立命之道是：隨遇而安，不遇也安**。團圓飯，再溫馨熱鬧也都是一時的歡樂；懂得和自己相處，才是一輩子毋須外求的享受。當我們逐漸往人生盡頭的方向走去，學會與孤單相處，甚至懂得享受孤獨，就會領悟到：愈是孤單的時候，愈能夠跟自己團圓！

唯有當人群散去，我們才能毫無偽裝地回復真正的自己。儘管在對方面前，你未必是一心想要防衛而保護自己，其實多數時候，你是為了保護對方，不傷害對方而戰戰兢兢。你總怕一句無心的話語，影響對方的喜怒；你也怕一些無謂的禮貌，拉開兩個人的距離。

回到一個人的角落，你可以安心做自己，不必害怕會得罪誰，也不用擔心再失去什麼。擁抱自己的優點，接納自己的缺點。能夠理性地邏輯思考，也能感性地全然體會。你，是如此的完整。此刻，你終於可以和最真實的自己團圓。只要放下對未來的不安，捨下對人群的渴望，你就是最豐盈、也是最幸福的人。

14

小劇場×內心戲

阿凱是兄弟會中的戀愛天王，原因是他非常勇敢去愛。他可以昨天失戀，今天跟著一幫兄弟喝酒，明天又為愛往前衝。即使失戀被打槍，對他來說，就像可以不斷復活的電腦遊戲。但他終究是想安定下來，這次失戀半個月後，遇到了真正的好女孩雪琪，他反而卻步了，覺得這女孩一定很難追？你會怎麼建議他？

☐ A. 為愛，再勇敢一次吧。
☐ B. 相信自己的直覺，不要勉強去追求，以免害人害己。
☐ C. 反躬自省！不但要確定自己是認真的，也要確定對方是對的人。
☐ D. 告白，並徹底告解。用坦誠換真情，努力感動對方。
☐ E. 懂得怕，也是好事。就先從做朋友開始，不要預設立場，不要想太多！

大人的成熟指標

傷痕累累之後，還能慷慨付出愛

在愛情中愈挫愈「擁」，
並非只是衝勁，而是擁有智慧。

過去那些情感挫折，未必讓你因此更聰明、更免於受傷，
但至少你會更認識自己，知道自己想要什麼、害怕什麼，
也知道自己做錯過什麼，以及錯過了什麼？

曾經到對岸參加電視談話節目錄影，一位素人男性嘉賓年約三十二歲，說他沒交過女朋友，把現場其他觀眾都嚇傻了，有些自以為很有見地的人甚至當場質疑他是否是「同志」。他面紅耳赤地趕緊否認，說一路忙著讀書、就業，沒時間交女朋友。

但他對自己的愛情履歷一片空白，並無太多遺憾。看過身邊同學、朋友，每個人的戀情都分分合合，沒有幾個修成正果，他覺得自己至少還有個別人沒有的優勢：情場，從未失敗過！

在我的觀察中，像他這樣的個案，其實是有點可惜的。我對他沒有戀愛經驗，沒有任何評論，覺得比較可惜的是，他已經活到而立之年，卻還不知道這個道理：愛情，從來不是以成敗論英雄的。

無論你對愛情的經歷，或多、或少，或成功、或失敗，都無法保證你碰到一個對的人時，是否懂得辨識，並且珍惜。

除非，你是一個在愛情中愈挫愈勇的人。或許，我們應該換個同音異字的用

唯有自由的心，
會讓雲的姿態舒展，
會讓愛的花朵盛開，
會讓風的幸福綻放，
會讓值得相遇的
另一個人前來。

（林辰容 攝影）

詞，在愛情中愈挫愈「擁」，並非只是衝勁，而是擁有智慧。過去那些情感挫折，未必讓你因此更聰明、更免於受傷，但至少你會更認識自己，知道自己想要什麼、害怕什麼，也知道自己做錯過什麼，以及錯過了什麼？

另一位素人女性嘉賓年約二十八歲，坦承自己談過十一段戀愛，也引起現場觀眾議論紛紛。

身為遠從台灣被邀請去上節目擔任專家評審的我，當然難免會猜想這是製作人想要的節目效果，特別安排這兩位愛情經歷反差很大的嘉賓參加聯誼，尤其聽完女主角的自述，更覺得戲劇效果十足，但她再三保證所言屬實。

在愛情路上，她認為自己是一個愈挫愈勇的人。她直言：「我不怕死！卻也沒有死得其所！」意味著：婚姻若是愛情的墳墓，她還沒機會進入。

相對地，有些人維持單身，並非出於自願的選擇，而是因為曾經受過很深的傷害，對愛情失去信賴。他內心渴望被愛，卻鎖住自己，不再付出愛，只是一味地期待，但那個人始終沒有到來。

一朝被蛇咬，三年怕井繩。用這個理由來解釋自己的懦弱，似乎多少都可獲取朋友間的同情，卻無法得到真的愛情。即使，有機會碰到情投意合的人，也會因為心中傷痕累累的陰影，而無法再跨出無怨無悔付出的那一步，彼此之間隔著「我曾經被傷害過」的距離，要如何攜手走到人生的最後？

以上這些個案，其實很常見，但都不容易找到真愛，甚至讓自己愈來愈退縮。**人生最可貴的青春，莫過於歷經萬般心機，還能給出愛的那股勇氣。所有的傷痕，都是愛的勳章**，讓你知道自己認真付出過，雖然你沒有得到那個無緣的人，但至少你知道如何愛著下一個可能有緣的人，不會因為你的恐懼或軟弱，而錯過他。

或許，多年以後回頭看，在青春歲月中，我們都傻過，痴痴地付出愛給一個不值得的人，但也就是這樣的傻，我們才更懂得愛回一個值得的自己。

這無關於最後的最後，結局是什麼，就算你仍是獨自一個人、或找到另一個跟你一樣懂愛的人，你的心都是豐盈的。因為，你已經不害怕再失去什麼了。

▼ Level 3 ▲

保持彈性

願意改變自己，才能轉動這個世界。

你和創新幾分熟？

這問題的答案，往往要看你的個性從頑固到頑劣之後，是否願意回頭。

15

小劇場×內心戲

敏兒一直很自卑，覺得自己長得不夠美，所以拚命努力學化妝。卻在一次同學會中大慘敗，敗給天生麗質的班花慧卿。她一直無法釋懷，但沒人家天生麗質是事實，連身家也徹底慘輸。自從那次之後，敏兒常常做惡夢，夢醒後一身冷汗，她知道自己始終無法忘懷。你會怎麼安慰她？

☐ A. 與其刻意掩飾缺點，不如適度強化優點。
☐ B. 論外貌和家世，都太膚淺；你可以用內涵贏過她。
☐ C. 你的條件並不太差，何必那麼在意她。
☐ D. 接受先天條件不夠好的事實，自卑其實是讓自己成長的動力！
☐ E. 放下和別人比較的心理，更不要無情地評論自己。

大人的成熟指標

願意勇敢面對自己真正的處境

總得先面對殘酷現實，才能解決人生問題。

所謂的人生智慧，只不過是把一件事情的真相看清楚！早一步拆穿那些被自己的恐懼包裝過的複雜，簡簡單單直指問題的真正核心所在。

當愈來愈多人前來找我討論問題，我就愈來愈發現「面對現實」對許多當事人來說，真的很不容易。他們一開始的提問乍看之下很有道理，連專注於傾聽的我，都很容易因為一時同理而陷進去，但理性整理邏輯後，就會發現他真正的麻煩，根本不是這個問題。

「我應該換工作嗎？」其實他真正的問題是：與新來的同事相處不睦。而且，在同一家公司的同一個部門待了七年，根本沒有做好轉職的準備，連履歷表都沒更新過。他的深層恐懼，來自沒有競爭力。而更重要的癥結問題是：他根本沒有能力招架自己從來就應付不來的人際關係。

「我要如何爭取孩子的監護權？」其實她根本沒有離婚的本錢，丈夫雖不體貼，還有些大男人，但在法律上並沒有做出可以被判定為不適任配偶的行為。她只是對婚姻感到失望而已。

口是心非嗎？並不。顧左右而言他嗎？也不是！我只能說：**一個人在感覺困擾的時候，或是在無助的時候，很容易對自己放煙霧彈。美化自己（或醜化對**

方），然後以疲於奔命的姿態，與不理想的狀態，持續作困獸之鬥。

不如己意的大人們，似乎都比較想要當「悲劇英雄」。難道是因為已經認定自己無法成為生命裡真正的英雄，所以用刻意的悲劇，來增加這個腳本的可看性，讓這個角色可以博得同情？

一個人的處境，確實很殘酷。尤其，當自己覺得很弱勢的時候。但你總得先完全地面對殘酷的現實，才能開始試著找出解決問題的方法。否則，再努力也沒有用。就像拉好弓箭前，除了要擺對姿勢、用對力氣，還要專注於靶心，否則永遠都射不進紅點。亂箭，無法穿心，只能不痛不癢地繞在圓靶的周圍，幌子似地騙自己說：「我盡力了！」其實，你比誰都清楚，這一切只是白忙一場。即使你真的很努力，其實也從未用對方法、使對氣力。

你已經是個大人了，所謂的人生智慧，有時候不是累積多少經驗、學到多少本事、擁有多少聰明，只不過是把一件事情的真相看清楚！尤其是能夠早一步拆穿那些被自己的恐懼包裝過的複雜，簡簡單單直指問題的真正核心所在。頓

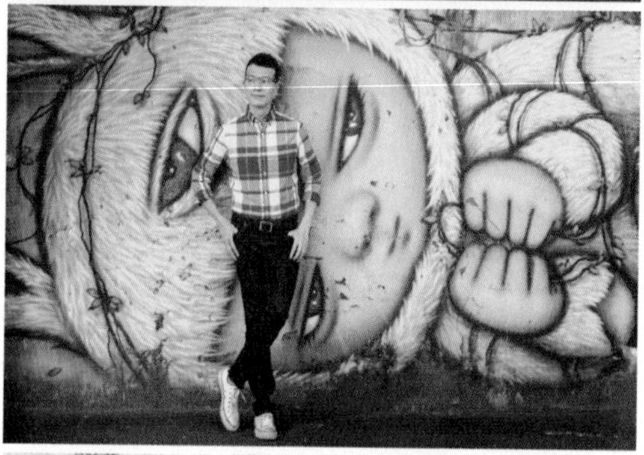

時你會發現：**人生所有的艱難，都源於自己不敢面對真正的現實而已**。

走向心智成熟的人生階段，就不要再渴望成為「悲劇英雄」！當你選擇勇敢面對現實，即使它真的很殘酷，但**只要接受自己的不完美，所有的軟弱都會變成另一種堅強，因此不再虛張聲勢地逞強，反而可以接受自己所害怕的、所擔憂的，而不再無的放矢，亂槍打鳥**。或許，勇敢面對現實之後，將發現自己的處境，並沒有想像中那麼需要據理力爭。當妥協的意願出現，事情開始有所轉圜，取捨的決定也就變得容易很多。

16

小劇場×內心戲

志雄是一個體貼的兒子，從不對媽媽說不。志雄媽一直以為他從小就愛吃紅燒獅子頭，每年生日都給他盛上滿滿一大碗，然後一定要親眼看著志雄一口一口吃完。但志雄從來沒說的是，他早已吃膩這味道，尤其討厭吃太多肉，每次勉強自己吃完，換來的是一整晚的噁心反胃。如果你是志雄，會怎麼跟媽媽說？

☐ A. 感謝母親的辛勞付出，接著說出自己的飲食偏好已經改變。

☐ B. 以後慶生都事先約去外面吃，改點別的美食。

☐ C. 佯稱自己在減重，無法吃太多肉。

☐ D. 一年一次，就忍著吧。分量也不多，何必讓對方傷心。

☐ E. 指定另一項自己喜歡、媽媽也擅長的料理，跳過獅子頭。

大人的成熟指標

不因負氣而放棄，對自己的決定負全責

有能力承擔該負的責任，有本事接受放棄的後果！

人生有很多做決定的關口，都是意願與能力的拔河。
當你決定放棄之前，先問問自己：「我是認真地做明智的取捨，還是只是因為一時的恐懼或憤怒就落跑了而已？」

有一天，當你終於可以義無反顧地辭掉一份乏味的工作、拒絕一次不想赴約的邀請、離開一個看不到未來的情人、捨棄一段煎熬已久的婚姻、卸除一份難以繼續負荷的責任……，你長長地嘆了一口氣，說出：「從此，不再勉強自己！」

我可以肯定地揣測，距離這一刻之前，你絕對忍受了好久的委屈；但我沒有把握，你不再勉強自己的瀟灑，究竟是來自準備多時的能力，抑或又是一次情緒臨界爆發點的任性？

如果是前者，你已經做好所有的準備，恭喜啊！我相信你為了出這一口氣，已經努力好久，來到能夠為自己「贖身」的階段；假若是後者，一切決斷只不過是意氣用事，我不免要為你擔心——都已經是大人了，這輩子你還能夠任性幾次呢？

在準備不夠的狀況之下，斷然升起「不再勉強自己」的勇氣，其實跟年少時的意氣用事沒有兩樣。即使當下能夠瀟灑轉身，過不久之後就會再度讓自己掉

淡定而珍惜，
是熟成以後的人生
一種難能可貴的態度。

入進退兩難的泥沼裡。甚至，要花加倍的力氣去收拾善後。

率性辭職，接下來很長一段時間沒工作，若撐不起下半輩子的經濟所需，一時的瀟灑，只會換來更多的落魄。鬧脾氣不理會朋友，一個人孤獨久了，發現寂寞難耐的生活還真不好過。

表面上，好像當初的決定，是自己主動的選擇；事實上，是被無法控制的情緒所迫。

人生有很多做決定的關口，都是意願與能力的拔河。工作、感情、交友、婚姻，事件雖不同，面對抉擇時，卻都是一樣的考驗：你，準備好了沒有？

當你決定放棄之前，先問問自己：「我是認真地做明智的取捨，還是只是因為一時的恐懼或憤怒就落跑了而已？」**當能力足夠時，所有割捨的意願，才是理性且出自真心的**。**能力不夠，就率性了斷，只不過是逞匹夫之勇而已**。

想毅然辭職，請先存夠半年以上的生活費，或搞定養活自己的退休金；想遺世獨立，請先練就享受寂寞的本事；想結束婚姻，請先做好二度單身的所有準備。

從此，不再勉強自己！真的不是口頭上說說，而是要有足夠的內在自信。包括：知道自己有多好的那一面，以及謙卑面對自己做不到的地方。就算投降繳械，承認失敗，不再作困獸之鬥，也要自己心服口服，以及夠大器的胸襟，笑罵由人，心湖不起漣漪。

有能力承擔該負的責任，有本事接受放棄的後果！這才是真正地做自己。說了一輩子，要愛自己、做自己，但總要有足夠的能力對自己所有決定負全責的時候，才可以不再勉強自己。否則，說得再大聲也都只是空話，繼續賴皮而已。

17

小劇場×內心戲

品浩與愛珍愛情長跑穩定，雖然嘴上不說，不過雙方家長早就認定兩人會結婚。品浩沒什麼缺點，就是愛打電動，愛珍也總是包容著對方孩子氣的興趣。但品浩近來愈來愈誇張，打電動打到廢寢忘食。愛珍忍著氣跟姊妹淘說：我也受不了他打電動，但我覺得我一定可以慢慢「改變」他……。你覺得愛珍該怎麼做？

☐ A. 找適當機會懇談，觀察對方的態度，訴說自己的不開心。

☐ B. 直接跟對方約法三章，節制打電動時間。

☐ C. 不再聚焦於電動上挑毛病，但改變自己的休閒與作息，邀對方一起。

☐ D. 嘴巴不說，但內心設定對他的懲罰條款，只要他太超過，就以冷戰處罰。

☐ E. 故意做對方討厭的事，讓他也不好過。

大人的
成熟指標

積極發揮自我的影響力

有能耐，就該改變別人；沒本事，才說只能改變自己。

最厲害的第一等人，
是透過自己的改變成功之後，
又影響別人願意跟著做出改變。
更難能可貴的是，
最終還影響了當初對他最不好、
最不友善的人。

勵志類的書籍看多了，你難免不被洗腦，深信：「我們無法改變別人，只能改變自己！」這句話，看起來對仗工整，讀起來也很有力量。但愈活愈成熟之後的我，卻愈來愈覺得這個處世觀念有點問題。

尤其這幾年來，許多讀者找我做情緒諮詢的時候，都會提到這個觀念，還怨嘆自己總是做不到。他們典型的反應都是，在人際關係的衝突中受盡委屈後，喃喃自語地埋怨：「我也知道改變對方不容易，我只能改變自己！但……但我就是做不到！」

輔導超過一百個個案之後，連我自己都差點受到影響。直到我反覆思索自己人生各個階段心態的變化，以及從事的工作內容與意義，才開始同情悲憫自己是不是某個時候也有過這樣的哀怨：「我們無法改變別人，只能改變自己！」然後從多次自我檢討中開始覺醒，如果一切的努力只是為了改變自己，而無法改變別人，是不是也太沒志氣了？

若有能耐，就該改變別人；沒本

事，才說只能改變自己。**動之以情、誘之以利，都是改變別人的可行策略。天下最難的事，其實是總是拿自己沒辦法！**

根據我的歸納，有些人屬於最糟糕的狀態：常抱怨自己的人生過得不如意，明知道要改變自己，卻又不動如山，繼續陷在泥沼裡。第二層級的，是能夠覺察自己必須做出改變，經過一番拚搏，最後終於脫胎換骨。

最厲害的第一等級，是透過自己的改變成功之後，又影響別人願意跟著做出改變。更難能可貴的是，最終還影響當初對他最不好、最不友善的人。

無論是辦公室裡最難纏的同事，還是家族裡最頑劣的分子，那些曾經讓你在人際關係裡經歷水深火熱的對象，當你學會游泳上岸之後，還能拉他們一把，結束纏鬥的日子，你真是功德無量啊！

當然，還有一種很可悲的心態，就是一味地想改變對方，而完全不肯改變自己，最後必然是功敗垂成，甚至是兩敗俱傷。

除非，很幸運碰到一種例外的狀況是：對方自動自發地改變，透過反省與懺悔，以及徹頭徹尾地改頭換面、革除積習，融化你頑固的個性，讓你回過頭來看見自己的缺失與弱點。你終於不再像從前那樣，自以為是地堅持說：都是對方的錯誤，都是對方必須悔改；而是看見自己內在的問題，找到改變的動機。

對方的主動改變，幫助你看到自己的不足，因此也願意改變自己。於是，兩個人的關係就變得更好了。

這樣的改變，其實也沒有誰先、誰後，誰主動、誰被動的問題。成為大人之後，人生大部分都已定型，還能夠勇於做出改變，都很了不起啊！

飄過心間的
那一片菩提落葉
曾在前世度你
從此岸到彼岸

18

小劇場×內心戲

儘管已經年過三十五，阿泰還是搞不定自己。早上起床心情不錯，但接收電子郵件，看到原本期望得到轉職的機會落空，心情立刻跌到谷底。開會前，心中已經確定要選A案，但上台報告後臨時又覺得以B案進行好像會更順利。情緒起伏大，又容易心猿意馬，連親友都很抓狂。你若是他，想要改變現狀，以下最優先的事項會是？

☐ A. 勇敢做自己，接受自己的現狀。
☐ B. 請好友幫忙監督自己，提供改進的建議。
☐ C. 多點籌備與規劃，慎思熟慮後，有清楚的邏輯再行動。
☐ D. 訂出新的目標與計畫，具體付出努力，徹底改變自己。
☐ E. 感覺自己最大的問題是缺少決心，開始尋找重新出發的動力。

大人的成熟指標

當下就Re-set，啓動改變的心靈程式

最糟糕的並非看不見未來，而是不滿意現在，又不肯做出改變。

如果你已經過膩了現在，
求助過很多不同的管道，卻都不見效；
唯一該做的，就是改變自己。
當你心悅誠服地開始做出改變，
完全不同於以往的人生，就會展開。

人生，難免有困境。比較麻煩的，或者說，比較會拖住你的，其實不是困境本身，而是你自己的心態。請問：你打算在那裡停留多久？這才是關鍵。

來到這個年紀了，你經歷過無數風景，有的還算平順，有的崎嶇坎坷，無論是親子、感情、婚姻、人際關係、職涯發展、靈性學習……，類別林林總總，有些時候難免陷入膠著，甚至由來已久。

或許你從沒發現，某個會讓你陷在裡面，痛苦到難以自拔的問題，都有幾個共同點：1.那些不利的狀況，都是意外碰到的；2.那些問題產生的原因，都是別人造成的；3.那些糾纏著你的痛苦，都如影隨形般揮之不去。

你痛苦極了，甚至有時候你想死。你跟很多人抱怨，起初他們還給你一些鼓勵，但後來他們變得愈來愈沒有同理心，只有客套地安撫你一下，便無情地轉身離去。其中，有些人給你一些忠告或建議，你覺得他們根本就不瞭解你的狀況，還把你批評得一無是處。

於是，你比從前更痛苦，彷彿這個世界，只剩你一個人孤軍奮戰了。

要如何提醒，才能讓你如當頭棒喝地清醒呢？難道是因為痛苦尚未到極點，所以你還有餘力跟自己作困獸之鬥嗎？

你知道嗎？**所有對你不利的狀況發生，之所以令你感到意外，是因為你之前甚少未雨綢繆。你對事情的規劃，都不夠周到；你對無常的人生，準備得很少。**如果你覺得那些問題都是別人造成的，極有可能的原因，其實是你逃避去面對問題的真相，也不願意讓自己負任何一點責任。

有很多痛苦糾纏你，而你始終把自己繞在裡面，其實是因為你一直不願意走

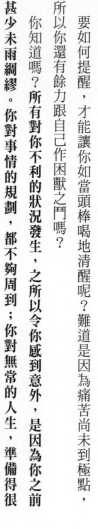

出來。你，早已經習慣透過抱怨來討拍。你缺乏足夠的勇氣去迎接挑戰，寧可「暫時」維持現狀。只不過，你不知道很多個「暫時」累積起來，就幾乎是一輩子了。

你接收到的所有忠言變得很逆耳，其實都是因為你逃避改變。你深深恐懼著：改變，所要付出的代價。

然而，你最需要知道的是：一個人最糟糕的，並非看不見未來，而是不滿意現在，又不肯做出改變。再多抱怨，都無濟於事！如果你已經煩膩了現在的狀況，求助過很多不同的管道，卻都不見效；唯一該做的，就是改變自己。當你心悅誠服地開始做出改變，完全不同於以往的人生，就會在你面前展開。

既然，你已經對現狀提出過無數次的抱怨，何不勇敢拋開過去，擁抱全新的自己！**幼稚與成熟之間，最明顯的分別，就是「對自己負責」這一條簡單又明顯的界線**。願意積極而勇敢地改變現狀，尤其是你不滿意的現狀，就是對自己負責的具體行動。

19

小劇場×內心戲

你一向對工作很有熱情，近日提出的企畫案卻老是被打回票；由於公司這一年業績不佳，主管對稍微大膽一點的提案更為保守。這對具有新奇創意、很有自信的你來說，屢屢碰壁的挫折，實在令人沮喪，於是興起「乾脆辭職算了」的念頭。可是你又很喜歡這家公司，而且市場環境差，新工作不好找，該怎麼辦呢？

☐ A. 因應公司的政策，以發想「保守型的創意」挑戰自我。

☐ B. 此處不留爺，自有留爺處！大膽提出辭呈，換個環境。

☐ C. 設身處地體會主管的思維，花更多時間溝通，修訂自己的提案。

☐ D. 繼續衝撞主管的底線，以烈士精神打動他，幫助他清醒。

☐ E. 蒐集更多市場資訊，說服主管適度參考你的提案。

大人的
成熟指標

在痛苦中設定停損點，
全力翻轉自己

看不到前途時，何妨向後轉，做相反的自己。

即使是痛苦，也可能是一種舒適圈。
留在舒適圈，只是一種習慣性的動作。
即使，那個舒適圈
是個殘敗難堪的處境，
你會因為習慣，
而誤以為它就是你該待的地方。

從小到大，似乎每個人都曾被善意地教育著：「你，要做自己！」特別是在感情受挫、工作不順的時候，無論是書籍文章、成長課程、你所信任的長輩，每個可以被稱為心靈導師的朋友，都以「你，要做自己！」魔咒般地提醒著：你，還不是你！

如果你始終困惑著：究竟要如何做，才算是真正的自己？不妨接受我的另類建議：請試試看，學著做相反的自己。

這個想法是我到熟齡之後，才得到的體驗。如果，一個人始終沒有辦法完成自己，在工作與感情上都沒有相當滿意，與其繼續盲目地摸索下去，不如對自己當頭棒喝：不要再像無頭蒼蠅般轉來轉去，你只需簡單地採取一個相對的策略——做相反的自己。

若本來是個兢兢業業、謹謹慎慎的人，就該鬆綁自己的框架，大膽一點，嘗試做一個瀟灑豪放的人。

當然，剛開始的時候，這很不容易。你可以去山上，站在制高點，拉出原本緊緊收在腰間的上衣下襬，對著樹林大吼大叫，像個野孩子般，與自然更親近一些。

如果你是個工作很認真的人，就隨興地放自己幾天假。如果你是個凡事都要規劃的人，就來一次突發奇想的出其不意。

如果你總是為了迎合別人，而委屈自己，就大膽地無視於對方的喜惡，表現自私一點。如果你一直對自己很不好，就多些慷慨給自己吧。

相對地，如果你是個很懶散的人，就要開始讓自己上緊發條。如果你是個從來就不預做準備的人，就要增加事前運籌帷幄的功力。

很明顯的是，如果你已經撞得鼻青眼腫了，為何還要執迷不悟地往前衝呢？不就應該給自己一個最簡單的動作，立刻向後轉嗎？

請你要記住：即使是痛苦，也可能是一種舒適圈。留在舒適圈，只是一種習慣性的動作。即使，那個舒適圈是個殘敗難堪的處境，你會因為習慣，而誤以為它就是你該待的地方。你苦著、痛著、習慣著，於是忘了該是站起來離開的時候。

任何一種改變都會伴隨痛苦，卻

會因為你的願意有所不同，而體驗前所未有的真正快樂。你也將會在這個過程中發現：之前你所習以為常的安適，甚至是痛苦，都是假的、短暫的、不真實的。

愈是挫折失敗的時候，更要以敏感的覺知，替自己設立停損點，當下就可以翻轉人生。當你對現狀感到失望，當你的情緒陷於低潮，試著轉身，學習做相反的自己。或許，人生從此有了截然不同的風貌與發展。

翻轉命運之前
要先翻轉
自己的習性

20

小劇場×內心戲

夢萍報名了馬拉松全馬的賽程。「要跑四十二公里耶！你真的跑得完嗎？」姊妹淘大呼驚訝。「不行也得行，我一定要把大學時的體重找回來！」夢萍暗自下這個決定。她買慢跑鞋、新裝備，還去報名課程，就是希望初馬能挑戰成功，不過只持續一個月，這匹馬就跑得愈來愈沒力。面對夢萍想要放棄的掙扎，你怎麼勸她呢？

☐ A. 不妨考慮改報半馬，不要給自己太大壓力喔！
☐ B. 萬事起頭難！多給自己一次機會，再試一下！
☐ C. 若跑不動，大不了用走的，沒在怕的啦！
☐ D. 我相信你一定可以做得到，加油！
☐ E. 採用激將法：你給我爭氣一點，別讓他們看你笑話！

大人的成熟指標

拿得出脫胎換骨的決心與行動力

趁打回原形之前，
再給自己一次改變的機會。

那些不願意改變的理由，
其實都是因為害怕失敗而替自己找的藉口。
遲遲不踏出去，在原地踱步所花費的心力，
遠遠超過你開始做出改變之後，所付出的代價。

跟自己說好要減重的，和你團結很久的肚子上的那圈肥油，卻還捨不得分離；跟自己說好要開始運動的，那雙你中意的球鞋還躺在店裡；跟自己說好不要再跟年邁的爸媽說氣話，那股罵了才爽快的脾氣，還是飆了出去。

你終於更加信服地心引力，贅肉與意志力都很容易下垂；年紀愈大，對所有的積習難改就愈有理由。是啊，這些習慣都跟了自己這麼久，很難說放就放，說丟就丟。

如果人生真的只是這樣，活著就只剩下吃飯、睡覺、發牢騷而已。當你年紀已經大到對擁有一個更好的自己，再沒有任何渴望，確實是了無生趣。但是，你知道的，**這一切只是灰心的時候，很短暫的自暴自棄；你對所有新的開始，仍然是很期待的**。

否則，你不會留意電視或網路上的新玩意，以及商店櫥窗裡不時展示出來的新事物。即使你嘴巴就愛叨叨唸唸說，那些根本也不是什麼了不起的新把戲，但它們就是象徵著：**這個世界就算再不景氣，依然日新月異**。

愈是挫折失敗的時候，
更要以敏感的覺知，
替自己設立停損點，
當下就可以翻轉人生。

我確實碰過一位個性固執的朋友，堅持自己可以按照目前的方式活下去。但是等到他如槁木死灰的心，有一天突然想到自己總有離去的時候，不免來個大哉問：人死了以後，要去哪裡？

原來，我們每天醒來要學的新課題，不外乎就是為了繼續幸福活著而勤奮努力，或是為了好好死去而鍛鍊自己。若不做出改變，就會在維持現狀中感到沒有希望而窒息。

那些不願意改變的理由，其實都是因為害怕失敗而替自己找的藉口。你遲遲不踏出去，在原地踱步所花費的心力，遠遠超過你開始做出改變之後，所付出的代價。

隨著年紀增長，在逐漸定型之後，還能致力於脫胎換骨的行動，就等於讓自己重新活過一次。當你改頭換面到朋友一見，立刻對你發出讚歎：「哇，你跟從前很不一樣。」你不但自己開心，也成為對方的典範。

曾經在健身房看見幾位熟女們，圍著肚皮舞開課的海報議論紛紛。其中比較積極的幾位，很有行動力，她們立刻登記報名，還託教練幫忙買舞衣。

另一位等著看好戲的太太對她的姊妹們說：「不要買太貴的喔，萬一你們只有三分鐘熱度，跳幾次就不來了，很浪費耶！」

這位太太說的沒錯，決心做出改變後，的確很容易虎頭蛇尾，未能堅持下去。但是，適度投資不超過經濟能力範圍的器材，其實是個讓自己比較沒有退路的激勵。此外，還需要一個具體的目標，在親朋好友之間廣告宣傳一下，接受大家鞭策，也提醒自己要堅持下去。

趁打回原形之前，再給自己一次改變的機會。人生還很長，千萬不要太早放棄。

21

小劇場×內心戲

瑤瑤最愛看愛情小說，特別是那些愛到奔走冰天雪地，腳踩楓葉談情的羅曼史。可能是出身一般小康平凡家庭吧，父母相親結婚，扶持相伴平平淡淡過一生。「但我才不要這種毫無起伏的愛情。」瑤瑤嘟著嘴，反倒是想：「何時我的白馬王子才會出現，拯救我離開這無聊人生？」你怎麼看待她的愛情觀呢？

☐ A. 實在太夢幻了，很難苟同。

☐ B. 隨緣吧，激情與浪漫，可遇不可求。若遇到時再說囉！

☐ C. 與其想著白馬王子出現，不如積極展開行動！

☐ D. 感情剛開始可能很熱烈，但耐心度過平淡的日子，才是最大的修練。

☐ E. 不要只是看發展情節，好的小說中也有相處的智慧可以學習。

大人的成熟指標

看盡人生高潮迭起，學會珍惜細水長流

揚棄必須活得轟轟烈烈的幼稚，看見甘於平淡的可貴！

收斂起年輕氣盛的豪邁爽快，
看見那些兢兢業業、謹謹慎慎的人與事，
懂得放慢自己的步調，
在細節中看到真情，在寧靜中感到美好。

經歷人生悲歡離合、成敗起落之後的大人心智，究竟是更看開了，還是看破了？這關乎你選擇用什麼態度看待過去，以及是否願意經過曲曲折折的療癒之後，把一切歸零，重新給未來的自己，一條平靜的道路。

看開了。曾經重重地拿起，如今懂得輕輕地放下。這真的是難得的智慧。

看破了。曾經拿不起的、或費盡心力拿起的，而今其實還是無法全然放下。總是帶著幾分遺憾與憤怒，雖然知道不要再和自己做意氣之爭，卻難免千迴百折，能夠不想、能夠不計較，並非出於自願，而是基於保護自己，不要在傷口上繼續灑鹽。嘴角有一點了然於世事的微笑，任誰都看得出勉強。

如果你年少時曾期待一個轟轟烈烈的人生，想必至今已經傷痕累累！即使小情小愛，大哭大笑一番也就夠了，偏偏你非得把自己搞到生死關頭。**正因為太過用力，又沒有用在對的時間、或沒有採行對的方法，於是再也無計可施的反作用力，冷不防地回來傷了自己。**無論是課業的挫折、感情的衝撞、工作的跌宕、婚姻的碎裂……，你知道，這輩子不如意的事十有八九，但總感嘆那些事怎麼都被自己碰上了。

回頭想想，「細水長流」這四個字，多麼令當年的自己鄙夷。你始終無法想像那樣平平凡凡、庸庸碌碌的兩個人，是怎樣無味無趣地過了他們的大半生；你始終不屑一顧那種日復一日、百般無聊的工作，是如何不精不彩地教人在安身立命中耗費青春。如今，孑然一身回頭，看到自己當年的自命不凡、自以為是，少了幾分感慨，多了幾分明白。

怎樣的人生才叫做轟轟烈烈呢？到頭來，會不會反而是那些看似沒有高潮迭起、沒有波瀾壯闊的風景，才是真正的轟轟烈烈啊。這些結婚數十年如一日的白髮夫妻、這些把一份工作從年輕做到退休的前輩，才是最值得佩服的勇者。他們用盡此生最柔軟的謙卑，對應迎面而來的打擊，用盡所有委曲求全的隱忍，躲過驚滔駭浪的侵襲，於是在生命的角落，安穩地活了下來。

看盡人生高潮迭起，學會珍惜細水長流！這竟也是你成為大人之後，一種難能可貴的成長。趁著手邊還能再浪擲的東西已經不多，收斂起年輕氣盛的豪邁

爽快，看見那些兢兢業業、謹謹慎慎的人與事，懂得放慢自己的步調，在細節中看到真情，在寧靜中感到美好。

志向，要遠大！少年的志向，是往外的壯闊；大人的志向，是往內的寬厚。

多活一天，便又多懂了一點。

▼ Level 4 ▲

脫憤圖強

清理負面情緒，讓內心裝得下幸福。

你和情緒幾分熟？
這問題的答案，往往在你漸漸覺知自己已經快要沒有情緒時浮現。

22

小劇場×內心戲

你和同事一起負責活動中的貴賓接待，你事先也打聽好，貴賓因體質關係只能喝溫熱飲品，沒想到同事竟還是給貴賓一杯冰涼的飲料，以致整場活動下來，貴賓在台上連一口水也沒喝。事後貴賓不免向老闆抱怨了幾句。在活動檢討會上，你和同事兩人劈頭就被老闆臭罵，覺得好不公平、有點委屈的你，這時會怎麼想呢？

☐ A. 覺得自己也有一半的責任，願意和同事一起承擔！

☐ B. 給老闆面子，先默默接受批評，回頭再私下解釋清楚。

☐ C. 當場舉手說：「這不是我的錯。」

☐ D. 學會跟同事劃分界線，以免將來合作再被冤枉。

☐ E. 事情都發生了，無論說什麼也無濟於事，以後自己小心一點！

大人的成熟指標

憤青，不要變成憤老

能接受世界的不公平、不正義，是內在成熟的開始！

並非這個世界沒有公平與正義，
而是我們必須適應公平與不公平、正義與不正義，
是同時存在的。真正的公平與正義，
不一定可以蓋棺論定，要很久以後才會水落石出。

生性樂觀、而且很愛開玩笑的好友，自己坦承是為了一時愛出鋒頭，也是為了幫另一個朋友的忙，即使完全不會唱歌，對音樂也沒有涉獵，還是答應在一場校園歌唱比賽中擔任評審。

比賽風風光光落幕，隨之網路評論四起。幾位以微小差距落敗的參賽者，在網路上擁有龐大的粉絲團，輪流在網路上圍攻，說「比賽不公平、程序不正義、評審不專業」。尤其，暗指我的這位朋友，以贊助廠商的名義參與評審團，對此議論紛紛。

面對以上「三不」的指控，他沒有感到心虛，也沒有憤怒不平，反而超級淡定地跟我說：「這些年輕的小屁孩哪裡懂得啊！雖然我唱歌五音不全，聽覺的音感卻是非常敏銳。」接著做了簡單的示範，令人佩服得五體投地，驚見他深藏不露的音樂造詣，原來還有這些真功夫。

你或許覺得他厚臉皮，但在情理上，他確實站得住腳。碰到該生氣的事情，能夠不生氣，但並不是純粹地壓抑，而是不訴諸於負面情緒，自我打圓場地說了一個未必符合對方心意的邏輯，只要自己開心就好，不輕易被對方打倒。這真的是成為大人之後，很不簡單的修養啊。

如果一個人從年紀很輕時，就開始憤世嫉俗，每天看這不順眼、看那不順眼，稍微被無禮的人得罪一下，就氣到撂狠話，彷彿要置對方於死地似的，而你建議他要好好溝通，他卻又拿不出方法與勇氣。從「憤青」變成「憤老」，除了年齡增加之外，其他人生該有的修為，完全沒有任何長進。這，可就是悲劇了。

有一次我應邀去講一場主題嚴謹的論壇，來了五百多位聽眾，其中半數以上都是各級學校的校長，活動圓滿成功，與會者在「來賓意見表」填滿正向回饋，還大排長龍簽名拍照。

結束之後，主辦單位在官網張貼數十張當天的活動照片，反應熱烈。有一位未獲邀請的資深教師，似乎對主辦單位有所不滿，留下冷嘲熱諷的酸言酸語，最後還把我牽扯進去，直言我不適合講這個主題。主辦單位感到非常尷尬，禮

當你站得夠穩，
內心堅定，即便流言再多，
都可以任它隨風。

貌地向對方致歉，我也留言謝謝他的批評指教，盡量把他情緒攻擊的字眼，當作金玉良言。

同事問我如何能淡定以對，我心知肚明：這是最好的停損點。若要跟他計較，肯定沒完沒了。任何明眼人都可以看出，他沒有受邀出席講座，根本無從評論內容。就像你從未看過某位明星主演的電影，就沒有立場批評他演得不好。你硬要發出惡評，只是更證明了你自己的過度主觀與情緒化而已。

對我而言，能接受世界的不公平、不正義，是內在成熟的開始！並非這個世界沒有公平與正義，而是我們必須適應公平與不公平、正義與不正義，是同時存在的。而且真正的公平與正義，也不一定可以在此生蓋棺論定，要經過很久、甚至幾個世代，才會水落石出。

或許，不必等到很多年以後，我就會同意他講的話是對的！我確實不適合講這個主題，因為我已經找到可以講得更好的主題。**既能夠適度謙虛，也能適時驕傲。既能卑躬屈膝，也能抬頭挺胸**。熟成的人生，至此已經無敵。

23

小劇場×內心戲

藍欣很受不了婆婆，聽到街坊鄰居說吃這個東西對治筋骨痠痛有效，吃那個東西對降血壓有用，就不管三七二十一，買來猛吃。藍欣擔心婆婆沒病反而吃出病來，一直苦思著要怎麼勸婆婆。這天卻偷聽到婆婆跟朋友講電話：「我那媳婦呀，鞋子多到家裡櫃子都擺不下了……」這才驚覺，原來自己控制不住地喜歡買鞋，也成了一種癮。針對這家庭個案，你最優先的看法是？

☐ A. 人難免都有些個性盲點，只要不超過太多即可。
☐ B. 這對婆媳各自的內在都有空虛，才會靠購物滿足自己！
☐ C. 媳婦應該練習覺察自己的恐懼，才能停止對物質的貪婪。
☐ D. 必須先做到互相尊重，而不是急著提醒對方。
☐ E. 婆媳可以約好互相督促，提醒對方不要再亂買。

大人的成熟指標

放下對喜好的偏執

能不執著於做愛做的事，
才是真正的自由自在。

與其靠頑強的決心，
做到絕對的斷捨離；
不如以敏銳的覺知，
提醒自己現在進度到了哪裡？
如果你的體質，一天只能喝一杯咖啡，
就不要喝多過於這個分量。

陪母親到醫院看診，在候診區聽見鄰座有位中年女兒，對年邁的父親叨叨唸唸：「就跟您說不要吃那麼多甜食，都不聽話，血糖這麼高……」還沒等她說完，老人家已搶著為自己辯白：「哪有吃多少，我就不相信多吃一口，有差那麼多！」

類似的對話，幾年前也曾出現在我和媽媽的對話當中。照顧長輩的經驗多了，很常在這些掙扎的當下，領悟人生的道理：**「一個人最愛的，往往就是對他最有妨礙的。」飲食如此、嗜好如此，甚至連感情也如此。**

愛吃甜食，血糖會有負擔；愛書成痴，眼力會提早衰退；愛一個人愈深，分離時愈痛苦。

自從意識到這個道理，禁絕與鬆綁，就成了日常的拔河。對別人、對自己，盡力學習試著拿捏相安無事的平衡點——很難，但必須！

這一生的修行，彷彿就是在琢磨這個分寸。如何吃得剛剛好、看得剛剛好、愛得剛剛好？從「知道」到「做到」，從前我以為決心最重要，但後來發現決心太強也不對，連決心都要剛剛好，否則義無反顧地禁絕自己的所愛，其實非常殘酷無情。活到某個年紀，還能如此對自己嚴苛，若不是之前就活得很壓抑，就是對未來很沒有安全感。

但如果對原本最愛的事物，能要求自己到「有也好、沒有也好」的地步，看似灑脫，卻也就感覺沒那麼愛。刻意表現不在乎，像是有點負氣了。相對地，要能夠不失去最初的熱愛，卻又不被它牢牢綑綁，果然是需要很高的智慧。

能不執著於做愛做的事，才是真正的自由自在。與其靠頑強的決心，做到絕對的斷捨離；不如以敏銳的覺知，提醒自己現在進度到了哪裡？如果你的體質，一天只能喝一杯咖啡，就不要喝多過於這個分量。當一杯咖啡戀戀不捨地喝到最後一口，就心滿意足地舔去嘴角的甘美，而不貪戀地想要續杯，最多就是期待明天還能再來一杯。這樣的人生態度，節制與享樂，都剛剛好。

所謂的「剛剛好」，重點未必只是分量上的節制而已，反而應該在心情上的自我滿足。對任何自己喜歡的事物，都能夠在淺嘗即止中得到最大的滿足，就不必靠壓抑需求來勉強克制。

心智成熟的指標之一是：對自己最最喜歡的飲食、衣服、寵物、興趣、活動、工作、朋友、愛人，能夠保持清楚的覺察，不會因為過度貪戀而深深執迷。

倒也不必刻意介懷於「一個人最愛的，往往就是對他最有妨礙的。」好像是為了保護自己不受傷，才刻意保持愛的距離；而是對內在成熟的自信，認為自己能夠在「需要」和「欲望」之間游刃有餘，不再進退兩難。

尤其是面對最愛的感情時，更要讓自己處於「既不是窮光蛋、也不是暴發戶」的狀態，豐盈到剛剛好，不再年輕氣盛、愛恨交加，而是溫柔慈悲、收放自如。

緣分來時，相濡以沫；緣分盡時，兩相忘於江湖。我知道我很愛你，但我的愛不會成為你的壓力，即使總有一天你會離開，我也還能承受得起。就是靠著這份覺知，活出大人的勇氣。

愛你愛得
剛剛好就好
不多也不少
不晚也不早

24

小劇場×內心戲

服務生不小心把滾燙的咖啡灑了你一身。那可是新買的高級毛料啊！今天特地穿出來跟重要客戶談生意。你很想生氣，但看到服務生焦急失措的樣子也覺得不忍。客戶還在面前，你提醒自己可別失了風度。你到廁所檢視損失，整理情緒，那些憤怒、委屈、叫自己放下的思緒波濤萬千，你該怎麼做？

☐ A. 回座位後提醒服務生，溫柔告誡不該如此粗心大意。

☐ B. 跟客戶笑說：「遇水則發喔！」談完生意後去做運動發洩情緒。

☐ C. 深呼吸，努力把生意談成，買件新衣服犒賞自己。

☐ D. 默默隱忍，發誓再也不來這家咖啡館。

☐ E. 拍照上傳臉書，說自己今天運氣真差。

大人的成熟指標

隨時覺察自己的情緒

必須先知道自己在生氣，然後才能不再生氣，否則只是壓抑，並非真正的好脾氣。

從知道自己已經開始生氣，接著處於生氣的狀態，這時候還有很多時間與機會，對負面情緒喊停。只要你有足夠的覺知，就不會讓小小的生氣，變成暴力行為。

一個人的生活，難免有各式各樣的不如己意、挫折和委屈，沒有人教你要始終把苦水往肚裡吞，刻意展現陽光笑容給別人看，然後回到自己小小的窩居大哭一場、摔破心愛的杯碗盤之後，才覺得人生悲涼。

其實比這個更慘的是，行走江湖，歷盡風霜，在外面裝模樣讓自己堅強、表面和善，回到家裡卻哭不出來，連摔個從IKEA買回來的平價花瓶也不敢。

如果你從年少的時候開始，就是乖乖牌，連每一個蓄意欺負過你的人，都說你脾氣好到完全不反抗，讓他們出手變得比較柔軟；到成為大人之後，你依然維持眾人眼中的好修養，對世間的不公不義，還是一貫敢怒不敢言的忍讓，午夜夢迴時，回頭看前半生，慶幸歲月無驚，卻有說不出的遺憾。

你有點後悔沒有好好活過，至少你從來沒有活得像自己過；但你再看看那些曾經發「憤」圖強過、卻傷痕累累的朋友，在逞一時之勇後，面對無法收拾的殘局，似乎也好不到哪裡去。

於是，你開始對生命有些疑惑：情緒，該如何找到出路？要怎樣好好發一頓脾氣，抒發心中的怒意，才能不損人而利己？

你必須先知道自己在生氣，然後才能不再生氣，否則只是壓抑，並非真正的好脾氣。從知道自己已經開始生氣，接著處於生氣的狀態，這時候還有很多時間與機會，對負面情緒喊停，化解破壞性的能量。只要你有足夠的覺知，就不會讓小小的生氣，變成更嚴重的憤怒，也就不會產生更進一步的暴力行為。

天下雜誌出版的《柔軟的心最有力量》，作者丹尼爾・高曼（Daniel Goleman）素有EQ教父之稱，在書中提到他對達賴喇嘛的觀察。他認為達賴喇嘛是一個很有修養的人，但不是完全沒有負面情緒。當遇到感覺悲傷的事情，達賴喇嘛臉上的表情很快地真情流露，如鏡射般反映悲傷的情緒，但很快地又回到原來的沉著穩定。

情緒管理，是一種自我控制的修行，但絕不等同於自我壓抑。我們都不是聖人，很難做到完全不生氣。無論是刻意忽略情緒、或努力忍住情緒，表面上好像控制得很好，其實情緒被你壓到底層，累積成一座冰山，反而更危險。

看盡人海沉浮，從身心平衡角度來看，我還真相信「好人不長命，禍害遺千年」這句話，其實有它的道理。只因為好人習慣於忍氣吞聲，承擔太多超過自己能力負荷的壓力，影響身體健康。愛發脾氣、逞凶鬥狠的暴力分子，卻魯莽率性，不看人臉色，情緒通行無阻，活得比較長命。

儘管這句話原意是：「做好事的人，常遭到壞人迫害，而不容易存活；到處做壞事的人，卻因不義之財多、人脈等資源廣，而能夠逃過法律制裁。」前面那種解釋，的確無法符合多數人的道德標準；但好人好到過度壓抑而影響健康，卻是不爭的事實。

有些人活到中年，或許已經為人長輩，還沒有足夠修養，持續之前理直氣壯的氣勢、或即使理不直氣也要壯的莽撞，不斷亂發脾氣，確實非常失態，甚至被說是「老番顛」。年輕人輕蔑之餘，懶得跟他計較，他愈是要生氣罵人，試圖凸顯自己的地位與價值。

對照組卻是：從少年一路忍氣吞聲到中年，已經無法覺察自己的情緒，活到愈老，愈容易變成一個退縮而冷漠的人。

不受控制的負面情緒，不斷爆發出來，絕對會傷害到別人；但是，太過度受控制的情緒，永遠被壓抑，就是更直接地傷害到自己。因此，學習如何辨識情緒，任它在心中升起，給它足夠的時間與空間降落，將會是人生很重要的功課。學會了，不虛此行，你漸漸名符其實地成長為一個成熟的人；學不會，就只好繼續受困於負面情緒的暴起暴落，傷人害己。甚至，生生世世都要再回來重修。

人生的學費，常是以青春為代價。年輕，付得起；年長，還不了。能趁早繳回考卷，就別再拖延。

25

小劇場×內心戲

最近壓力真的太大，不僅常常覺得煩躁，甚至在辦公室連一時半刻也待不下去。跟朋友聊過之後，朋友給了一個建議：「你該給自己放個假，至少，去學點新東西吧？轉換心情看看。」仔細想想，出社會之後也沒認真學點東西了，但工作上還有如山般的待辦事項，你該怎麼做呢？

☐ A. 積極參考好友的建議，向公司提休假，並尋找目前比較熱門的課程。
☐ B. 對自己喊：「暫停！」徹底放空後，再想想如何調整節奏。
☐ C. 設定具體時間表，一邊把工作告個段落，一邊安排放鬆的假期。
☐ D. 問問自己真正要的是什麼？檢查這個目標中是否只有工作、沒有生活？
☐ E. 試著換工作，離開忙碌的職場，找回單純的自己。

大人的成熟指標

能努力打拚，
也能盡情放鬆

能讓自己放鬆，才能真正放下；
能放過自己，才能放過別人。

如果目前的你已經追求到理想，
通常還會再追求更多的理想；
翻越一座山丘之後，
下個目標就是另一座山丘。
永無止境的追求，表面是追殺對手，
其實是追殺自己。

年少的時候，我們的確都該學習：如何積極努力、如何奮發向上，才不會浪擲青春。把握有限的時光，盡情揮灑天賦才能，無論充實自己或利益他人，都很有意義。

等到漸漸成熟，是個大人了，無論是否功成名就，該學習另一個更重要的課題卻是：放鬆自己。不用再過於積極努力，也不要太奮發向上。既然之前已經盡力追求過，無論是已經得到心中想要得到的一切、或終究沒有如願以償，就釋然地放開手，隨順著生命蜿蜒的河流去吧。

還有什麼看不開、放不下的呢？難道要等到大病一場、或所愛的人離開，才會覺悟到自己真正在意的是什麼？或者明白，其實我們也不在意再多失去一些東西了。

若是如此，那就別再對自己苦苦相逼吧！

問題是，等覺悟到這個道理的時候，我們往往發現：**學習放鬆，比學習努力更困難**。實情確實如此，有三個原因，讓很多大人朋友放不下、停不了：

1. 一直以來的拚搏，你已經培養出停不下來的慣性，非要找一些事情來讓自己忙得團團轉。若是能夠利益眾生的事情，也就還算是忙得有意義。最怕是自尋煩惱，每天弄些沒有真正意義的事情，困擾自己，甚至妨礙別人，可就虛度時光了。

2. 對未來始終欠缺安全感。總以為必須不斷努力，才能保持眼前已經擁有的東西，若有所怠惰，就會失去一切。

3. 還是習慣於不停刷存在感。要展現自己努力的態度與成果，得到別人的肯定與讚美，才會覺得自己活得有意義。

以上三個原因，讓很多原本年輕時已經積極作為的大人朋友，完全無法放鬆自己。即使已經學習過禪修、打坐、冥想、閉關等課程，一旦回到現實生活之中，立刻把自己打回原形。口頭上總是跟親友說：「其實不想要這麼忙！」行為上卻對忙碌有癮頭，不忙就覺得活得沒意義。

日子過得很忙，其實不是問題；同時要讓節奏鬆緩，才是重要的

關鍵。其中最大的差別就是：在忙碌的動作之餘，是否可以讓自己的心，不要操之過急。容許自己慢慢前進，即使努力很久，還是沒有進展，也不會強求。人生嘛，都已經竭盡所有的努力，若還在繼續要求每件事情不進則退，未免也太看不開。

能讓自己學會放鬆，才能真正放下；能放過自己，才能放過別人。

如果目前的你已經追求到理想，通常還會再追求更多的理想；翻越一座山丘之後，下個目標就是另一座山丘。永無止境的追求，表面是追殺對手，其實是追殺自己。最後的結果，必然是身心俱疲。

如果你本身已經是個積極努力的人，只是苦於自己的伴侶或親友，生活得太散慢，就不用在這時候還急著期待對方做個大改變，希望能夠把一個從未上緊發條的鬧鐘，重新設定成準時提醒的模式。除非對方自己有覺知、有意願做出改變；否則這真的太困難，也沒有意義。

當一個人在生命中已經衝撞過無數次，經歷過許多戰役，更不必以成敗論英雄了。人生既已無悔無憾，就不必用「如果生命只剩下半年，要如何度過？」這種問題為難自己。所有心智成熟的大人們，只

需用僅有所剩的時光，好好跟自己相處，和時間妥協。以足夠舒緩的節奏度過餘生，看得見雲飛，聽得到鳥語，愛得上自己。

26

小劇場×內心戲

冬雨因為丈夫外遇而離婚，不久又被公司裁員，判不到兒子的監護權，種種失意打擊之下，患上了輕度憂鬱症。為了讓冬雨振作起來，好友們紛紛提出建議：「趕快再找個好男人，有個情感寄託。」「來參加我們的共修團體吧，師父定能給你心靈指引。」「你欠缺精神寄託，跟我去學插花吧。」……，你認為冬雨該聽哪個朋友的建議呢？

☐ A. 加入公益團體擔任志工，重新找到自己的價值。
☐ B. 接受朋友安排，不排斥認識新對象。
☐ C. 參加宗教團體活動，請上師灌頂加持，引導進入靈修的領域。
☐ D. 報名有興趣的藝文課程，培養心性，安頓自己混亂的內在。
☐ E. 透過紙筆書寫，與自己對話，釐清痛苦根源後再找對策。

大人的成熟指標

和自己的靈性連結，練習與最高的神性溝通

不要把人當神膜拜，
也不要把神當人對待。

所有替神傳遞訊息的人，或所謂的傳道者，都還是普通的人。你可以對他有足夠的禮敬，但千萬不要把他當作神一樣地膜拜。

當你特別無助沮喪的時候，或是已經離群索居很長一段時間，主動或被動地完全放空自己，很有機會接觸到靈性的力量。無論是透過讀書自修、或練習體悟，都有機會把自己內在的天線頻道拓寬，接收更多靈性的訊息。

有時候，很難免、或很慶幸，你會接觸到很多高人，適時為你指點迷津；或者碰到熱心的朋友，邀請你加入共修團體。於是你像在迷惘的汪洋中，抓到一根浮木，讓漂流已久的心，找到可以暫時依靠的所在。甚至，很快地從依靠變成依賴，你不知道平常有點鐵齒的自己，為什麼不知不覺地從半信半疑到深信不疑？

此刻，就必須暫時停下腳步，透過更敏銳的覺察，詢問自己：**我需要靈性的力量引導自己開展更深層的愛與無懼，還是我只是貪婪地想得到更多平常未能如願的東西？**我比過去的自己，更自在、更歡喜了，還是更固執、更傲慢了？

與自己的靈性溝通，可以透過很多不同的方式。過程中，如果有過多人為影響的介入，就要謹慎些。你不要把人當神膜拜，也不要把神當人對待。所有替

人生所有的艱難，
都源於自己不敢面對真正的現實而已。

神傳遞訊息的人，或所謂的傳道者，都還是普通的人。你可以對他有足夠的禮敬，但千萬不要把他當作神一樣地膜拜。否則，你在當下很容易被對方利用，事後你會非常後悔，而且從此更難有真正的信仰。

相對地，你更不要把神當作人一般地對待，對神有所祈求時，就五體投地虔敬跪拜，未能如願時就大失所望、憤恨難平，甚至怨懟詛咒。有些憤世嫉俗的宗教狂熱者，甚至最後還毀了神像，也毀了自己的初心。

看過很多實際的個案，例如，某個大老闆，平常對身邊的人都沒有足夠的信任，甚至帶著傲慢與質疑，一旦信神以後，立刻變得卑躬屈膝，而且盲從順服，把平日苛扣員工的薪資與福利，都拿來供養大師或道場。

看在旁人眼底，他簡直就是被邪教誤導，但其實不能歸咎於他所信仰的大師或道場，而是他自己的貪婪，在名利雙收的背後，沒有照顧到自己應該照顧的人，只圖自己的清靜與心安。

人與神之間，所有的對話、所有的關係，是要學習放下更多，而不是得到更

多。若是繼續貪得無厭的結果，只會讓你更恐懼於你還未到手的妄念，明明該有的都已經足夠，還繼續憤世嫉俗地抱怨別人的不對，與自己的無辜。

或許，我們剛開始有求於神，是為了平順、為了健康、為了好運、為了心安，直到有一天，真正感受到眾神的愛，就會知道，祂的愛已經足夠讓我們願意放下一切的罣礙，剩下的只是深刻地體驗自己的人生功課，然後好好地把它完成。

27

小劇場×內心戲

蘇飛突然接到電話，養的老貓今天清晨走了……，想起這隻貓帶給他的美好時光，蘇飛忍不住泣不成聲。牠是蘇飛的第一隻貓，也是蘇飛甘於俯首稱奴的緣由：牠陪蘇飛撐過失戀，還有無數個悠哉的週末假日。知道牠終有離開自己的一天，認識無常，是牠給蘇飛帶來的最好禮物。你覺得蘇飛該怎麼度過這一天？

☐ A. 安慰自己，人生遲早都是要一個人過日子，必須及早學會放手。

☐ B. 以唱歌或其他自己有興趣的娛樂或消遣，暫時忘掉悲傷。

☐ C. 以編輯相簿、文字紀錄等方式，告慰牠的在天之靈。

☐ D. 為貓咪舉辦溫馨的告別儀式，並找個安靜的地方認真懷念。

☐ E. 找曾經失去寵物的朋友聊天或出去走走，抒發心中的憂傷。

大人的
成熟指標

主動向無常請益，接納所有意外的變化

無常，並非不請自來，
而是我們經常忽視他的存在。

無常，這位老師站在生命的門口，
不會時時現身，而是以一種慈悲的態度，
等待你去請益。他從不刻意驚擾你，
直到因緣成熟才會給你功課。

少年時期，姊姊有個同學兼好友，因為住在附近，兩家人都相熟。那位朋友的哥哥，平日跟家人相處融洽，並無異樣，卻在一個夏日的午後，獨自於海邊留下一雙拖鞋，從此銷聲匿跡，直到現在生死未卜。當時他的家人為此哀痛欲絕，多年以後還是無法釋懷。

無常，是不請自來的老師。我們都曾經為無常而哭過，直到悲慟到再也哭不出眼淚之後，老師彷彿就此轉身離開，而傷心過的痕跡，成為記憶裡深刻的一堂課。我們一想到就痛，於是悄悄將它深埋在心底。

二十年前，家母第一次中風。清晨七點，我接到通知，趕去菜市場時，她已經昏迷。我只要想到一個六十歲的婦人，早上起床後還能好手好腳出門，走出巷口之後，卻從此再也無法靠自己的力氣好好走回家，整顆心就會揪在一起。

儘管這二十年來，媽媽很努力復健，我們也盡力陪伴照顧，但老人家身體的狀況，還是隨時都有變化。每當功課出現，我就知道：無常，這位老師又不請自來。

有另一位好友的父親，向來身體硬朗，活到八十歲，很少生病。不菸不酒，作息正常。近日卻因為一次嚴重感冒徵狀而入院，被診斷出肺癌末期。他放棄治療，勇敢而堅持地要以僅有的體力與僅剩的日子快樂過活，每天遊山玩水，還多次出國觀光。

好友告訴我，他在父親面前強顏歡笑，內心卻萬分不捨。既珍惜地度過當下快樂的每一分鐘，也必須心痛地面對嚴酷事實——正在分分秒秒割捨彼此之間的幸福時光。

我們都要累積很多痛苦的經驗，經歷過自己和別人的許多悲傷，才慢慢知道：無常，並非不請自來；而是我們常常因為太習慣幸福、一直沉溺於幸福之中，或是忙著抱怨、忙著憎恨，以至於忽視了他其實原本就存在。

無常，這位老師站在生命的門口，不會時時現身，而是以一種慈悲的態度，等待你去請益。他從不刻意驚擾你，直到因緣成熟才會給你功課。

即便自以為謙卑如我，已經想像過一百次，又叩問過一千次，無常老師要給我什麼功課，他總是沉默無語，也不輕易出手。或許，我們都在等一個彼此最適當的時機，讓這項艱難的功課，顯得意義非凡，而且刻骨銘心。也唯有如此，我們在這項功課的學習，才會夠多、夠扎實。

所以，**當無常來敲門，就不要因為驚慌失措，而責怪他來得不是時候**。無論是自己感情的失落、健康的折損、事業的波折，或是至親的病苦、摯愛的變故……，**就算你之前準備得再多，都比不上這一刻來得真實、具體，而且意義重大**。勇敢地面對吧！在人生的路上，學習與無常同行，雙方亦師亦友，有辛苦、也有收穫，這就是我們這一世來到人間的功課。

一種無欲則剛的人生態度，
不是要你剛強到無視生命的無常，
而是因為懂得柔軟，
而活得無比堅強。

28

小劇場×內心戲

今天是交往五週年紀念日，阿緯照例訂了高級餐廳，買好花。但吃飯時，他一直想著未完成的專案，跨部門如何協調？要去哪裡調資料？對於女友的盛裝打扮，阿緯沒時間、也沒心思細看。吃完晚餐後，阿緯付了帳，又奔回辦公室工作。終於半夜回到家，才看到手機傳來訊息，上面寫著：「我們分手吧！」如果時間倒轉，你會教阿緯怎麼做？

□ A. 接受自己現階段忙到無法談戀愛的事實，分手也是好事。

□ B. 前一天誠實告訴女友工作狀況，並具體另選一日，承諾會好好慶祝。

□ C. 在用餐時，慎重向女友道歉，請她務必要體諒。

□ D. 檢視工作與愛情在此刻的比重。在訂位與買花時，提醒自己莫忘初衷。

□ E. 無論如何排除萬難，事先熬夜把工作趕完，努力讓兩人都盡興。

大人的成熟指標

為日常小事用心全力以赴，絕不馬虎應付

持續用誠心進行該做的每一件事，儀式才不會淪為形式。

很多「儀式」之所以最後淪為「形式」，就是因為日復一日地重複，讓情感消磨殆盡，只剩下應付。活到一定年紀，還在應付自己，豈不是太可悲了。

一位輕熟女朋友感傷地分享往事，談及她中學二年級時，面對父母決定離異的打擊，至今仍然不解地說：「我很難理解，每天出門前都會擁抱說再見的他們，為什麼會選擇離婚？」

其實，所有的儀式，一旦沒有了真心，無論經過多長、或多短的時間，終究也只剩下形式。

當我們年紀還小的時候，對於自己不理解的事情，可以有一個很好的解釋：「大人的世界，我實在搞不懂。」但是，等到這一天，我們已經是大人了，回頭想想那些小時候看到大人之間的複雜糾葛，就算理解其中部分的原因，也未必都能真正明白他們各自的苦衷。

一對看似恩愛的伴侶，即使小心翼翼地遵守著他們從熱戀以來所有相愛的儀式，但若沒有共同以百分之百的真心投入，持續地日復一日進行同樣的動作，這些儀式將在歲月流轉過後，漸漸淪為只是一種形式。

熟女朋友分享感傷的經驗，卻讓我聯想起另一種幸福的可能。我的爸媽大半生都在經濟困頓的年代度過，他們的感情與婚姻或許因為金錢的匱乏，而無法持續擁有各種浪漫，甚至生活中經年累月的口角摩擦，已經如同家常便飯那麼多、又那麼頻繁。生日沒有蛋糕，結婚週年紀念也沒有玫瑰，雖然記得日子卻不刻意提起，只剩下柴米油鹽醬醋茶的日常……，我曾經以為他們已經不再相愛了。

直到媽媽中風，看到爸爸在病榻前的悉心照料；而後爸爸突然病倒後辭世，媽媽在醫院發出長嘯般的哀嚎……，原來，大人之間感情的深厚，不是我們平日看到的那樣淺薄。**那些通過歲月重重考驗而沒有毀壞的婚姻，即使千瘡百孔，都有一種無比堅強的美麗，讓我們在愛情面前懂得謙卑與敬畏。**

爸爸過世之後，安奉在北部海邊一處寧靜的地方。每次逢年過節去探望他時，媽媽總要準備爸爸生前最愛吃的滷豬腳。因為那裡規定祭拜只能準備素食，我們就在一大碗公的滷豬腳上面鋪滿香菇，用以掩人耳目。雖然這是媽媽的執著，但是有了這份巧思，讓祭拜的儀式多了濃厚的情感。

在時光流轉中歷久彌新的心意，
有一種分外堅強的美麗。

「儀式」與「形式」，表面上看起來只差一個字，但其實相差的並不是文字，而是有沒有那份心。而且，更難能可貴的是，那份心還必須能在時光流轉中歷久彌新。

很多「儀式」之所以最後淪為「形式」，就是因為日復一日地重複，讓情感消磨殆盡，只剩下應付。如果只是為了應付別人，或是善意地應付內心所在意的人，算是情有可原；人生最怕的是，活到一定年紀，還在應付自己，這樣就太可悲了。

▼ Level 5 ▲

安心獨處

學會享受孤獨，就能夠和自己相處。

你和寂寞幾分熟？
這問題的答案，往往在你離開人群後，
回到自己心裡的那一刻揭曉。

29

小劇場×內心戲

聖誕夜到了，好多餐廳都推出「雙人聖誕套餐」應景，彷彿聖誕節就是情人們過的節日。工作了一整天的小立，拖著疲憊的身子經過他最愛的那家餐廳，心想就進去吃一頓美食，好好慰勞自己一番，卻看到門口貼著「今日僅提供雙人聖誕特餐」。你覺得他該走進去嗎？

- ☐ A. 不影響好心情，另改選心目中同等級的美食餐廳，照計畫慰勞自己。
- ☐ B. 去便利商店解決這一餐，在街頭漫步，以對照熱鬧街景，排遣孤獨。
- ☐ C. 放棄在外用餐犒賞自己的念頭，改以買好料回家自己慢慢享受。
- ☐ D. 急電好友前來湊人數，共享聖誕雙人套餐。
- ☐ E. 自己開心最重要，不用管店家推出什麼餐，進去吃就對了，吃不完再打包。

大人的成熟指標

即使只剩自己一個人，也能歡度每一刻

面對值得慶祝的時刻，就算沒人陪伴，當下就能為自己歡呼、替自己鼓掌！

面對所有的大成就、小成功，
愈來愈謙卑，愈來愈感恩，愈來愈懂得功成身退，
於是退到生命中一個最舒適的角落，
用最自在的方式，為自己好好地慶祝。

當你已經是個大人，心智成熟到一個階段，就會發現：生活裡的每一件事情，都值得好好慶祝。

大到終於轉職成功、遇見這一生最想愛的人、看體檢報告時醫生說你暫時不需要再頻繁地繼續追蹤治療、終於擺脫一個不值得憂慮的煩惱，或放過一個不值得恨的人；小到不再猶豫該不該換一個髮型、碰運氣吃到一頓可以回味很久的美食、路上有事耽擱卻仍然趕上計畫中要搭的那一班車，或突然接到一則老友問候的訊息。只不過這時候的心態，跟年輕的時候已經很不一樣了。

你已經是個大人了，面對值得慶祝的時刻，因為心中已經累積許多深厚自信的喜樂，不再刻意昭告天下、不再介意有沒有人支持或忌妒、不再堅持需要哪一種歡樂的儀式，而是隨緣所至、隨遇而安地用當下最方便的方式，為自己的盡力歡呼，替自己的成績鼓掌。

走入住家附近開了一段時間而一直沒空進去的咖啡館、在夜裡蒼茫中獨自混到很有特色的小酒吧、回家窩進沙發抱著老狗、跟最在意自己的人打通電話……，心底卻不停燃亮起燦爛的煙火。

如果正好有人在身邊可以一起慶祝，你並不排斥，但不會強求。你樂於分享不為人知小小的、或大大的快樂，不矯飾成雲淡風輕，也不誇大成豐功偉業。

成為心智成熟的大人之後，**所有美夢成真的故事，彷彿所有的發生都是生命的必然，雖然你曾經期盼過那麼久、或成功只不過來得正是時候。再大的狂喜、再小的雀躍，都化為心中一抹花朵的開落。**

淡定而珍惜，是熟成以後的人生一種難能可貴的態度。接受生命的悲喜，如花的綻放與凋零，都是運轉不息的重生與輪迴。面對所有的大成就、小成功，愈來愈謙卑，愈來愈感恩，愈來愈懂得功成身退，於是退到生命中一個最舒適的角落，用最自在的方式，為自己好好地慶祝。

一覺醒來，自動歸零，再重新出發。**即使創新紀錄，都還是踏實地安於重複的細瑣，卻又有無比的信心認為自己絕對可以拿出新的態度。**這是所有大人們，面對大成就或小成功的一點領悟。

30

小劇場×內心戲

你和好友計畫著一起到日本自助旅行，好友工作忙碌，你便自告奮勇扛下所有的行程安排，訂機票、民宿，查火車班次，蒐羅景點、美食……。興沖沖拿著行程表給好友看，卻見好友的臉色愈來愈猶豫，對行程這裡挑剔、那裡沒興趣。你一股怒氣不由得衝上腦門，就快要爆發出來，這時，你會選擇怎麼做？

☐ A. 勸自己忍下來！盡量和顏悅色地問好友：「哪裡不想去？行程都可以改！」

☐ B. 讓一切歸零，當這件事沒發生，重新問自己：「旅行的目的是什麼？」

☐ C. 說明自己的辛苦與想法，觀察好友是否能接受，再考慮如何進行。

☐ D. 立刻當機立斷，告訴好友：「我們還是各自出發好了。」

☐ E. 不做任何評論，先離開現場，跟好友說：「容我想想，看怎樣再說。」

大人的成熟指標

懂得適時主動喊暫停

暫停！在順境中提醒自己謹慎，在逆境中可以給自己勇氣。

即使是好好的一份工作、穩穩的一段感情，
不妨在適當的時候喊暫停，
回到自己一個人的狀態，檢查、反省、甚至懺悔，
經過這樣的修正，而讓一切變得更好。

你的人生鍵盤上，有一個「暫停」符號，看到了嗎？

這些年來，你按下過幾次？

如果你是從未主動按下「暫停鍵」的人生模式，有兩種不同的極端。一種是：從未真正的開始，所以就毋須暫停；另一種則是：不停地運轉，捨不得也沒有勇氣主動要求暫停。

從未真正開始的人生，彷彿只是一場沒有加入實體遊戲的模擬畫面，既冷靜又疑惑地旁觀，好像隔著影片看別人在遊樂場玩，只是憑藉猜想去論斷這個好玩、或那個不好玩，而不是自己的經歷。不停運轉的人生，雖然比較投入，但也容易因為過度埋頭苦幹導致疲乏，而失去真正的方向與目標。

即使是好好的一份工作、穩穩的一段感情，不妨在適當的時候喊暫停，回到自己一個人的狀態，檢查、反省、甚至懺悔，經過這樣的修正，而讓一切變得更好。暫停的時間，未必要很長，一個月、一個星期、一天、一小時、或一分鐘，都很有效。

暫停的意思，並非真正的停止不動，反而是更積極的重置（re-set）、或是全然的放空（space out），以期回來的時候可以有更強大的能量。

特別是在對某個人某件事生氣、或感覺自己被激怒到情緒快要失控的當下，提醒自己按下心底的「暫停鍵」，可以讓心思引導身體快速地抽離現場，像急速冷凍般地下降情感衝突的臨界點，恢復冷靜，重拾慈悲。

此外，當人生陷入混沌未明的狀況，感覺自己落在泥沼之間，與其不斷盲目地掙扎，不如短暫地停止動作，既能避免愈陷愈深，也能讓理智清明，思考下

oBike
oBike

一步可以讓自己脫困的可能性。

《不被情緒綁架》（心靈工坊出版）的作者佩瑪．丘卓（Pema Chodron）說：「當我們處在緊要關頭時，可以試著不要去加強攻擊的慣性，看看會怎樣。在這個過程中，暫停非常有用，它在全然自我中心和當下覺醒之間，創造了一個暫時性的反差。」

書中也提到，越南的一行法師將「暫停」稱為「正念的修行」，讓我們在忙碌或茫然的人生旅途中，可以覺醒於當下，與內在最高的自我重新連線，恢復天生就具有的智慧、溫暖與開放。

善用「暫停鍵」，在順境中提醒自己謹慎，在逆境中可以給自己勇氣。特別是在煩惱或憤怒的時候，能夠主動地暫停這一切，你既拯救了自己，也保護了你和別人的關係。培養隨時可以暫停的能力，避免過度狂喜或極悲，以適當的節制，詮釋人生另一種自由的意義。

31

小劇場×內心戲

阿梅和男友分手後，還是每天精心打扮出門，連路人走過，都會禁不住駐足多看幾眼。同事知道她剛分手，驚訝於她的堅強與堅持。有天終於忍不住問阿梅：「梅仔，以前穿得漂亮是給男友看，現在是要穿給誰看啊？莫非有了新對象？」阿梅嫣然一笑，說道：「我打扮一直以來都只為了一個人。」你覺得那個人會是誰？

☐ A. 自己。即使活得孤單，也不能在面對鏡子的時候看見滄桑。

☐ B. 好朋友。不必刻意取悅別人，但分享美好的一切，就從自己做起。

☐ C. 前男友。若有機會偶遇，一定要他後悔。

☐ D. 未來的男友。美好的幸福，值得用最美的自己迎接。

☐ E. 陌生人。讓自己成為這個世界上令人賞心悅目的風景。

大人的成熟指標

把單調的生活過得很有情調

重視情調、經營浪漫，既是一種技術，也是一種能力。

單身的時候，要知道如何對自己好；
將來碰到另一個人的時候，
兩個人一起才會變得更好。
一個人的獨處，要過得很有情調；
兩個人的相處，才會真的很享受調情。

即使只是一個人獨處，還是要活得很有情調。

一個人的燭光晚餐，哪怕只是煮碗泡麵加顆蛋，幾片青菜擺盤，上網打卡PO照，不管是否有人會來按讚。

一個人的沐浴泡澡，選用天然有機精油香氛，以浪漫音樂相襯，起身離開浴缸後，穿上搭配好的性感內衣再上床，給自己一夜好眠。

一個人的逛街漫步，明知自己不是名模淑媛，還是重視造型與穿著，連短襪和布鞋都用心設計，姿態迷人優雅，假想著就算被狗仔隊隨手拍到也不會失禮的那種狀態。

朋友說你這樣的生活過得太累、太忙、太假掰；而你不去爭辯什麼，懶得對不懂你的人浪費唇舌、浪擲時間，已經變成大人之後的你，有種無須堅持就自動擁有的風格。

你堅信：單身的時候，要知道如何對自己好；將來碰到另一個人的時候，兩個人一起才會變得更好。一個人的獨處，要過得很有情調；兩個人的相處，才會真的很享受調情。

無論是一個人獨處、或是兩個人相處，重視情調、經營浪漫，既是一種技術，也是一種能力，足以反映一個人內在的成熟度。

而形塑生活的情調，並不一定要花大錢，有時候花大錢弄出來的情調，反而很容易有流俗的風險，**比花費金錢更重要的是：培養品味。**

具備好的品味，不需花大錢，就能把一個人的日子過得清新脫俗，將來碰到另一個心靈投契的對象，就有機會把一個人的生活，加倍成兩個人的幸福。

那些一旦落入單身的生活，就恢復邋遢本性的人，其實很難再重新振作起來，去遇見下一段真正的幸福。因為他們從頭到尾都誤以為邋遢是一種天生的本性，端莊則是一種刻意的武裝。於是在感情狀態中，必須要很用力才能武裝自己，而對方也感到非常不自在。

實情卻是：我們的本性都喜歡維持美好的樣貌，只有放棄了自己以後才會變得邋遢。**想要擁有兩個人都重視對彼此觀感的價值，就要在遇見對方之前先肯定自己的價值。**

你，值得被自己好好善待，千萬不要對自己苦苦虐待。

32

小劇場×內心戲

望著體脂肪的數值逐漸超標，一旦季節變換，過敏鼻涕流不完，平常也容易感到疲累，佩佩下定決心要開始運動才行。她的自我檢測表上，勾選了：平常沒有運動習慣。容易缺乏動力。對自己的體能沒信心。屬肢體僵硬。你認為，她適合從哪種運動著手呢？

☐ A. 球類運動。只要有球伴督促，就不容易爽約。
☐ B. 跑步。門檻低，一雙球鞋，就能開展新的人生。
☐ C. 游泳。盡情在水中伸展，身心都能放鬆。
☐ D. 跳舞。愈是不行，愈要挑戰，克服自己的肢體障礙。
☐ E. 健身課程，例如有氧運動、瑜珈、飛輪。既能結實體態，也能增強信心。

大人的成熟指標

有紀律的運動，以身心平衡來療癒自己

運動，是一種靜心的方式；
動靜皆宜，表示自我控制的能力爐火純青。

每次在跑步的時候，都會感覺自己還很年輕。
歲月只是兩側不斷褪去的風景，
內在的自我依然還是當年那個熱血青年。
跑步是跟快樂的自己相遇，也是與憂鬱的自己訣別。

跑步，不只是一種運動，也是一種沉思。就我而言，**跑步是動態的冥想，也是內在的修練，更是靈魂與身體對話的過程**。你呢？你覺得跑步是什麼？

如果你愛上跑步，很可能會跟我一樣覺得：跑步，就是一切！既是生活、是戀愛、是哲學、是態度，是跟快樂的自己相遇，也是與憂鬱的自己訣別。跑步，是個最不需要呼朋引伴的運動，光靠自己的雙腳就能完成。但是，對於剛開始想要跑步的大人來說：跑步，是一個困難的開始！每天或每週按時去跑步，更是遙不可及的目標。

跑步?!會很無聊嗎？一定很累吧？膝蓋容易磨損喔？即使買了最時尚的跑鞋，全身螢光閃亮的服裝與配備，連手機綁在臂膀上的專業配件都已經齊全，還是猶豫著該不該開始跑步、或能不能持續跑下去的心思，仍可以浮現一百個類似藉口的問號——我真的要開始這樣跑下去嗎？

請給自己一個機會吧！就開始跑吧！不跨出去這一步，怎麼能知道會不會喜歡呢？

運動，其實也是一種靜心的方式；能夠動靜皆宜，表示自我控制已經到達爐火純青的地步。

我之所以愛上跑步，來自一個很不情願的理由。服兵役時曾在憲兵獨立排當軍官，每天清晨必須風雨無阻地帶領弟兄跑步，在那一年又十個月的日子裡，對跑步從厭煩無奈到欣喜成癮，我**所蛻變的，並不是一個形塑運動樣貌的軀體，而是有自信能夠化不可能為可能而充滿勇氣的心靈。**

不但一、二十年久病難治的鼻炎不藥而癒了，連所有多愁善感的情緒憂鬱，都能在揮汗如雨後一掃而空。退伍之後，我就愛上跑步！每次在跑步的時候，都會感覺自己還很年輕。歲月只是兩側不斷褪去的風景，內在的自我依然還是當年那個熱血青年。

你如果真心要為自己起跑，就不用為無謂的問題過度擔心。只要充分暖身，加上姿勢正確，跑步受傷的機率其實很低。關於跑步，你真正需要的是一個可以讓自己堅持到底的起心動念，例如：減重、塑身、忘憂……，無論是想遠離

跑步是動態的冥想，
也是內在的修練，
更是靈魂與身體對話的過程。
是跟快樂的自己相遇，
也是與憂鬱的自己訣別。

一段愛情的苦痛，或追求另一個人生的夢想，都可以讓你開跑。

若你還需要更大的鞭策，找一家收費最貴的或距離最近的健身房，預繳一年的費用，靠著「要每天去運動，才不會浪費錢」的心態，也是培養跑步動力的一種可能。

假使你已經試過各種方式，也開始跑了一段時間，但還是無法愛上跑步；我也要恭喜你，終於以「刪除淘汰法」劃掉跑步這個項目，表示還有更適合你的運動，在人生旅程中等你去發現。你可能真的不愛跑步，請趕快試試別的運動項目吧！

身心靈的平衡，是一個人內在成熟的重要指標。所謂的「修身」，其實要修養的不只是體能或言行，還要修養心性。除了透過自我言行的規範，以企求心靈層次的提升，還必須透過定時的運動、靜坐等，讓肢體的紀律連結心靈的節奏，達到一種近似「合一」的境界。

33

小劇場×內心戲

對小宇來說，吃飯不過是補充能量的儀式罷了。生長在單親家庭，媽媽上班賺錢直到深夜才回到家，小宇向來是吃冷凍微波食物配電視。這天，朋友送了他一張烹飪教室的免費課程體驗券，小宇感覺很困擾，這與他的生活習慣截然牴觸，卻又有點好奇。你覺得小宇該使用這張體驗券嗎？

☐ A. 愛自己，做自己，千萬不要勉強自己。既然沒興趣，就不要去。

☐ B. 這是必須的啊。養活自己不只需要財力，也需要最基本的廚藝。

☐ C. 去參加並不一定要學會廚藝，但至少可以多方面嘗試，探索自我。

☐ D. 為了不要辜負朋友的好意，去看看又沒損失，趁機做些改變。

☐ E. 體驗券只是招生的幌子，就怕到時脫不了身，花錢上課又買器材。

至少偶爾會下廚，
做飯給自己吃

大人的成熟指標

烹飪，不只是一種
準備吃食的技術，
也是一門享受生活的藝術。

家人都在家的時候，
就把做飯當作為愛付出的方式；
而家裡只剩一個人的日子，
就用精心策畫親手烹飪的一頓餐飯，
再愛自己一次。

真正愛自己，方式有很多；做飯給自己吃，是其中一種很獨特的幸福。可惜，台灣便利商店密集，社區中美味小吃林立，外食太方便的結果，讓多數人覺得：何必這麼麻煩，做一人份的餐食給自己吃？於是，錯過很多讓自己感覺到愛與幸福的時光。

「一個人，做飯給自己吃」的幸福，是從清早上市場買菜開始的！或者，再往前追溯一點，是從前一天晚上睡前問自己：「明天想吃什麼？」的那一刻開始的。接續到清晨市場挑選採買、和菜販聊天請教、回家清洗切理，以至於用你最中意也適合食材特性的方式下鍋烹煮，再來準備餐具、上桌前點一盞蠟燭（沒錯，白天的中午也可以）、選幾首音樂來自你最愛的CD，讓「呷奔皇帝大」（台語，意味：吃飯是人生大事）這句至理名言，在你的生活中具體實踐。開動吧，感謝天，也感謝自己。

有時候，「一個人，做飯給自己吃」的堅持，不全然基於浪漫的理由，而是非常理性的考慮。在「食安」與「健康」問題愈來愈被關注的此刻，即使家裡只有一個人，仍不嫌麻煩地開伙，正是疼愛自己最有保障的方式。

我有兩位不同領域的單身朋友，彼此性別不同、互不認識，卻有共同的習慣：「一個人，做飯給自己吃」。每星期至少下廚兩到三次，把一個星期的飯菜準備妥善，而且每天替自己帶便當，菜色還能輪替變換。

不知情的客戶或同事常問：「誰幫你做的愛心便當？」女性的那一位朋友帶著理智而篤定的口吻說：「我都自己做啊！」男性的那一位朋友的回答很類似，口氣則明顯驕傲很多。接著他們都收到同樣的請求：「我可以付錢請你幫我帶便當嗎？」

關於「一個人，做飯給自己吃」這件事，要不要從利己到利他，絕對是很個人化的決定，但若因為量大而變成負擔，就一定不是好事。推演這個邏輯到家中負責準備餐飯的家庭煮婦或煮夫，道理也是一樣的。若以「做飯給自己吃」的心態來準備，只要不嫌麻煩就安享幸福。抱著替自己做飯的心情，把家人當作路人來搭伙的，在廚房烹飪就變成公益事業；否則存著討拍的想法準備三餐，很容易心不甘、情不願，「灶腳」煮飯，愈煮愈埋怨。

「一個人，做飯給自己吃」的幸福感，更多時候來自家庭傳統的習慣。家人都在家的時候，就把做飯當作為愛付出的方式；而家裡只剩一個人的日子，就用精心策畫親手烹飪的一頓餐飯，再愛自己一次。

烹飪，不只是一種準備吃食的技術，也是一門享受生活的藝術。

學習廚藝，有時候只是滿足自己或家人的口腹之欲；有時候也可能**含括另一種更高境界的追求，是為了心靈層次的幸福。既是味道的記憶，也是分享的快樂。**

如果你年過三十，還不曾煎過一個漂亮的荷包蛋、或不曾下鍋煮一碗Q彈美味的麵食，從某個角度來說，是好命到天天有人服侍你、或餐餐都能靠外食，但也可能是一種生活的低能，一種飲食品味的缺憾。

居家餐桌上的美食
是幸福最深刻的記憶
味蕾承載著一生
被愛的時光

34

小劇場×內心戲

瑩瑩一直都有寫日記的習慣，她最愛在跨年的前一天晚上，翻出從小到大的日記本，回味過往的點點滴滴。早在臉書的動態回顧還沒出現時，瑩瑩就已經自備回顧的功能啦。沒想到這次颱風，一樓住處淹了水，收著日記的紙箱來不及搬，弄濕了好幾本。翻著濕漉漉、字跡漫漶的日記本，瑩瑩心頭一陣難過，你覺得她接下來要怎麼做？

☐ A. 不受影響，反而更珍惜，象徵自己不畏艱難、歷久彌新的勇氣。

☐ B. 趁此機會斷捨離，把這些日記本拿去回收，讓往事常駐心底。

☐ C. 領悟自己不該有的戀物情結，從此不再保存任何值得紀念的東西。

☐ D. 看破這世界無論什麼都是留不住的，笑自己過去太執著。

☐ E. 雖然心疼，但感謝這些水漬，見證生命的滄桑與歷史。

大人的成熟指標

以自己獨特的方式，珍藏青春的記憶

回顧泛黃的青春手帳，
再一次複習愛恨的意義。

那是歲月裡最珍貴的遺跡，
字裡行間殘留的那些愛恨、那些別離、那些風雨，
讓長大後的我們，懂得心懷感謝，面對生命中的一切失去。

抽屜裡，還珍藏著幾本少年時的日記、年輕時的記事本，圖文並茂中，夾著幾張單據，電影票、客運或火車票、大頭貼貼紙……；有些當時怕被別人偷翻而發現的秘密，還刻意使用代稱隱藏其名，儘管印象有點模糊，但內心的愛恨歡悲、喜怒哀樂，所有的情緒依然複習著。那些人、那些事、那些曾經以為會地久天長的想像，如今看來，才知道它們早就預言著分離。

回顧青春手帳，難免內心惆悵，更多疼惜自己。青春手帳中有歲月裡最珍貴的遺跡，字裡行間殘留的那些愛恨、那些別離、那些風雨，讓長大後的我們，懂得心懷感謝，面對生命中的一切失去。

誰說：愛恨，已無痕跡？若真正揪心地愛過、痛快地恨過，就絕對不會承認：愛恨，已無痕跡。頂多，只不過是雲淡風輕而已。

船過，水無痕。這說法，只適用於青春的淺灘。航向大人的碼頭，水痕不在眼前，直落心底。

回首過去，人來人往，過盡千帆，所有愛恨深深的刻痕，或許曾經是不甘的悔恨、抱怨的詛咒，終將變成祝福和感謝，給對方、也給自己。

如果能原諒，就迴向給自己更多的寬容；倘若不原諒，就讓它成為生命中的警惕。所有放下與放不下的，都勉強不來，終將是對自己最誠實的提醒：原來，它在心中的重量，是這樣的啊！舉足輕重，是泰山、是鴻毛，只有自己知道得最真切啊。

與青春的自己相遇，在這一本泛黃的手帳裡。塗塗寫寫、剪剪貼貼、層層疊疊、哭哭笑笑……，看著自己一路走來的坎坷崎嶇，從天真浪漫，到成熟世故，而今若有幸能反璞歸真，就感謝這一切，包括那些刻骨銘心的傷痛。若執迷未悟，也無須強求讓自己放下，或許該慶幸自己還不夠老，尚未能看破，就等因緣俱足吧！

有時候，居然是那心頭的一點點恨，讓你有力氣可以繼續往前走，直到經歷更多痛、羅致更多傷，因為不勝負荷而終於放下，頓時找回愛的那一天，才會恍然明白：**那些被別人說是負面能量的力氣，竟也是一種鞭策**。只不過那顆強

一本泛黃的手帳，
塗塗寫寫、剪剪貼貼、
哭哭笑笑……，
是多少的任性堆疊，
遲至此刻才懂得回來愛自己。

韌地以為自己依然年輕的心，已經分外滄桑。

對比於青春手帳裡那些花花綠綠的單據、潦潦草草的字跡，你終於因為覺悟而對自己莞爾一笑：這一生啊，是多少的任性堆積，遲至此刻才懂得回來愛自己。

▼ Level 6 ▲

自由自愛——

瀟灑放下執念，從此人生大不同。

你的價值觀有幾分熟？

這問題的答案，往往在你拋下自我意識的那一刻，

才認清自己真正要的是什麼。

35

小劇場×內心戲

淑芬看著鏡子裡自己的白頭髮，深深嘆了口氣。她大學時是校花，這幾年勤加保養之下，任誰也看不出她是兩個孩子的媽。只是別人看不出來，不見得自己感覺不到。在歲月這把無情刃之下，青春這道防線，淑芬逐漸守不住了。手上拿著微整形優惠DM，你認為淑芬會怎麼做？

- ☐ A. 看見外貌衰老的同時，不妨評估內涵與智慧有沒有增加。
- ☐ B. 雖然青春留不住，但此刻的自己也不算太差，還是緩緩吧。
- ☐ C. 確定要去醫美中心之前，先跟親友打聽技術是否可靠。
- ☐ D. 很多廣告的價格都是騙人的，貨比三家不吃虧。
- ☐ E. 在不接受侵入式醫療的前提下，接受自己的白髮與皺紋。

大人的成熟指標

勇敢告別青春

能夠割捨「外表永遠年輕」的妄念，內心才會真正的成熟。

是怎樣的一種深度不安全感，
讓我們緊緊抓住青春的尾巴，遲遲不肯與歲月妥協？
又是怎樣的一種成熟自在，能夠安然在歲月中老去？

當青春的小鳥，飛過歲月的天空，在記憶中留下美好的幻影，很容易令人心生執著。不接受老、不服老、不願老，猶如青春期的孩子對權威的抵抗。當青春的幻影，成為歲月的殘念，何嘗不是對自己的殘忍？

每個年歲，都有適合的裝扮。頂多前後加減個五年，讓自己看起來，比真實的年紀更年輕一點，或，更成熟一點。

如果明明很幼稚，卻打扮非常成熟，會展現出一種急著要長大的超齡樣貌。但你一定也看過那些不服老的人，明明已經五十歲了，髮型和衣著還追求著和二十歲年輕人一樣的流行。甚至，更慘一點，他還穿著三十年前留在衣櫥裡的舊衣服，並不是為了節省開支，而是心理上覺得自己還依然年輕。

常有熟齡媽媽跟著青春女兒上街，穿著款式與材質很近似的服裝，髮型也刻意剪得很像，媽媽胸有成竹地等待著別人讚賞：「媽媽好年輕喔！看不出是母女耶，簡直跟姊妹一樣！」頓時，母親的驕傲與女兒的尷尬，兩種表情一起浮現，對比內在與外表的不合時宜。

是怎樣的一種深度不安全感，讓我們緊緊抓住青春的尾巴，遲遲不肯與歲月妥協？又是怎樣的一種成熟自在，能夠像樂壇教父李宗盛那樣的說法，「既然青春留不住，還是做個大叔好！」安然在歲月中老去？

原來，**這個社會從來就不曾真正誠心真意地欣賞白髮與皺紋，而人們也始終不肯接受滄桑與風霜**。白髮與皺紋、滄桑與風霜，很少能夠被拿來和成功或幸福，畫上等號。於是人們即使未能在工作與感情上大獲全勝，也要回頭汲汲營營去追求外表與容顏的驚世逆齡。

身邊愈來愈多的朋友，在臉部或全身做了醫美。其實，只要心智成熟、經濟獨立，就算有點不服老，都還可以歸類是中年活力與動能的展現。最怕的是那種心態上一直不肯成熟的大人，做事不負責任、溝通時裝可愛，以「我就是孩子氣」當自己「不願長大」的擋箭牌。

這些朋友總要經過至親的離世、事業的崩壞、情感的斷裂、婚姻的殘破，才有機會領悟：若是過了年紀還躲在年輕的殼子裡，人生只是一場從頭到尾都幼稚的遊戲。唯有面對此時此刻的現實，才恍然明白：能夠勇敢告別青春，才是真正面對自己的開始。能夠割捨「外表永遠年輕」的妄念，內心才會真正的成熟。原來，**所有的天真，最好只留在成熟外表的心底，而不是跑出來在服裝與言行上搞怪**。

當你認知到自己已經是大人了，固然不必裝年輕可愛，但並非覺得自己不再青春，就可以邋遢成囚首垢面。成熟，可以打扮有型、穿出優雅。在外型上，絕對不要放棄自己；在心態裡，才有可能保持活力。

服裝，是身體的語言，也是你內在性格的表徵。簡樸，絕對不是壞事，但千萬不要過度。除非是因為經濟有困難而消費不起，當然就另當別論。如果每天穿著二十年前的衣著出門，還能保持整潔，只是基本條件與禮貌，不是拿來炫耀自己多麼勤儉持家或擅長保養中古服裝。

舊衣新穿固然是美德，但至少每一季買一件時尚衣著。只要經濟狀況還可以，適度消費於衣著，增加這個社會的視覺美學，有助於刺激經濟發展，既顧到自身美感，也算是做善事。

瞄準銀髮市場商機無限，平民化的連鎖超市曾推出吸睛廣告，以「白T與牛仔褲，經典永不退流行」為訴求。

要把「白T與牛仔褲」穿出「經典永不退流行」的味道，其實並沒有想像中容易。「白T與牛仔褲」的式樣，表面上看起來都差不多，但每年的潮流都在改變，服裝的版型與剪裁都略有變化，質料與素材也有所翻新。從白T的領口、衣袖與長度，可以看出世代不同；牛仔褲的布面、腰身與褲管，也能夠洩漏年分差異。絕對不是一件衣服穿到底，就能跟著靈魂不朽。

我們可以認老，但不要守舊。認老與守舊，是完全不同的兩回事。認老，是在接納老化中累積智慧；守舊，是故步自封又衰敗腐朽。

你不見得每一件衣褲都要隨著每季更新，但稍微留意時尚的趨勢，讓自己在穿搭上有點巧思，簡單樸素中暗藏內行人才看懂的現代美感，會讓你的風格在與眾不同中，跟你的觀念一樣引領潮流，並與庸俗脫鉤。

36

小劇場×內心戲

「麗麗，那個朋友媽媽覺得不太適合你，你就不要跟她出去玩了吧？」從小到大，麗麗一直覺得自己沒有一個能談心的好朋友，原因是媽媽總喜歡干涉她交友的自由。媽媽「核准」的朋友都是所謂的乖乖牌，讓麗麗覺得好乏味。如今出了社會，終於能擺脫家裡的限制，你認為麗麗該如何發展她的交友圈？

☐ A. 把握機會，刻意找一些過去媽媽討厭、但自己欣賞的類型。

☐ B. 多觀察不同類型的人，先維持禮貌的關係，不宜太快深入交心。

☐ C. 道不同，不相為謀。交朋友，就盡量找和自己志趣相投的。

☐ D. 以目前的好友圈為基礎，再以多元的管道向外拓展友誼。

☐ E. 嘗試結交價值觀迥異的朋友，擴展不同的視野。

大人的成熟指標

結交和自己差異大的新朋友

人生，總是要有幾個損友，讓你看見不同的風景。

或許你眼中的損友們，價值觀和理念跟你大不相同，但正因為這些差異，可以豐富你對不同觀點的理解，引領你去體會及感受，不同的生命經驗。

每個人的交友圈，大致上可以切割為兩種：一種是莫逆之交，另一種是泛泛之交。依據交友的總數，以及兩種朋友各自佔多少比例，就可以形塑出這一個人與眾不同的生活哲學。

如果交友總數很多，百分之九十五都是泛泛之交，只有百分之五是莫逆之交，表示他人緣還不錯，也有用心和知己深交。若是換一種比例，幾乎全部都是泛泛之交，完全沒有可以講內在真心話的朋友，這種人的交友型態比較像是公關。

有另一種人，朋友很多，泛泛之交與莫逆之交各半，甚至和任何朋友都能真誠而深入地談心，他必定是很愛交朋友，經營人脈相當成功。

像我這種在朋友圈裡以孤僻聞名，朋友總數不多，泛泛之交更少，能談上幾句話的，都是可以託付終身的生死莫逆，表面上看起來是精挑細選，實則過度潔癖，難免有些人際關係的障礙。

我沒有特別用心機去和朋友交

往，能有緣結識並成為莫逆的，都算是順著天意，去找到從前世到今生久別重逢的人。幸而，老天還算厚愛我，這些朋友來自各個不同的領域，雖然沒有誇張到三教九流都有，但至少領域多元，個性與特質也都不盡相同，讓我有機會接觸不同的價值觀。

朋友總數不多的人，最怕碰到的交友問題，就是太過於侷限在和自己同質化的朋友。雖然相處起來沒有壓力，講話很投緣，感覺不費事，卻比較沒有機會透過朋友擴展不同的視野。

人生，總是要有幾個損友，讓你看見不同的風景。或許他們的價值觀和理念，與你大不相同，但正因為這些差異，可以豐富你對不同觀點的理解，引領你去體會及感受，不同的生命經驗。

年少時，比較需要慎防誤交損友，怕自己受他們影響，容易被帶壞。成為大人之後，已經有專屬於自己的穩定價值觀，不會被一兩句話、或一兩次的邀請，就混淆內在的標準與原則。這時候不妨擁有幾個損友，讓他們帶你去吃你之前沒吃過的，玩你從來沒玩過的，想你過去沒想過的……，你會發現：原來，生命還有無限的可能。

有個男性朋友跑業務太認真，沒有及時補充水分，導致腎結石嚴重到必須住院開刀，良師益友都來病房探望，關心、叮嚀、鼓勵、加油……，讓他感到溫馨，卻也不免有壓力。只有從小一起長大的換帖兄弟，從不跟他討論病情，還每天傳成人影片給他看。即使此刻並不適合這樣的娛樂，卻讓他感受到人生的幽默。

青少年時期，我們都讀過《論語》中對朋友的定義。「益友」是：友直、友諒、友多聞。「損友」是：友便辟、友善柔、友便佞！以上這些說法都正確無誤，確實是交友時重要的原則。無論處於人生哪個階段，都值得參考。

但大人們的交友，所謂的「損友」定義，並不一定跟《論語》完全相符。**有些談笑中所謂的「損友」，只是貪吃、貪玩、愛花錢，不是品格上的缺失。他們可以解放**

你過度正經八百的框架，鬆綁你一直以來緊迫固執的態度，讓你活得更多采多姿。

成熟人生，宜交損友。只要不被騙財騙色，都沒什麼好擔心的。換個角度，如果你活到這個階段，還會被騙財騙色，表示你上半輩子真的鍛鍊不夠。

此刻，不妨就豁出去吧，可以試著保留幾個損友。即使，有些朋友真的有《論語》所講「損友」的特質：裝腔作勢、刻意討好、巧言善辯，而此時若你已經練就金剛不壞之身，根本不會受他們影響，反而更可以從另一個你不熟悉的角度，看到人生的荒謬與真實。

37

小劇場×內心戲

女兒把爸爸珍藏已久的限量威士忌摔破了，看著流滿一地的美酒，爸爸整整生了一天的氣。過了幾天，媽媽跟女兒獻寶似地拿出威士忌酒瓶，讓爸爸大吃一驚。媽媽解釋：她去要來了一樣的空瓶，裡頭裝的是白開水，既然爸爸從來不曾開瓶品嘗，那麼擺著瓶子也是一樣的，等到有機會再買回來便是，老公就別生氣了。你覺得爸爸會怎麼回應？

□ A. 覺得自己不被尊重，再次生氣地說出這酒的珍貴與自己的心疼。

□ B. 無法接受這樣的玩笑，但想家人也已經盡力彌補，就算了。

□ C. 藉此機會教育，再把女兒唸一頓，以免她在外面犯相同的錯，文過飾非。

□ D. 感謝太太的心意，體認到自己的盲點，好東西就是要趁早享用才對。

□ E. 一笑置之，之後自己默默去買一瓶新的威士忌，擺回原來的地方。

大人的成熟指標

更要權衡人生的重點

如果只是看重，而不珍惜，
失去一切，只是剛剛好而已。

我們都以為自己很看重某些人或事物，
但其實並沒有認真投入心力，
嘴巴上說很重要，實際上卻根本沒做什麼，
最後就是流於形式，等到失去的時候徒增遺憾。

我在網路直播節目「殘酷邏輯」裡，以「活到現在，你最害怕失去什麼？」和網友互動討論，歸納數千名網友的意見，大家最害怕失去的，依序是：家人、錢財、健康、工作，以及自己……

既然如此，我繼續追問：「既然你們都如此重視家人、錢財、健康、工作、自己……，為了這些你害怕失去的對象，特別做過什麼努力嗎？」正當大家七嘴八舌地討論時，我適時給出以下的提醒，眾人恍然大悟地回應：「對喔，我怎麼都沒想到！」

在節目現場，我給網友們的提醒是：**「看重」不等於「珍惜」。那些我們一直以為很看重的人或東西，未必是有好好珍惜的。看重，是一回事；珍惜，是另一回事。**

若你看重家人，就應該多花時間陪伴與傾聽，而不是各忙各的，好不容易一起吃頓飯，卻各自在滑手機。相同的道理，如果你很重視健康，就應該均衡飲食、正常作息、樂觀積極，而不是大吃大喝、長期熬夜、悲觀抑鬱。

尤其，你要是重視金錢，就要努力工作賺錢，領到酬勞後，先規劃存錢與理財，再決定要花費多少。假使你把錢看得很重，卻不好好珍惜，很可能變成窮光蛋或守財奴。

和網友討論期間，不時有人冒出：「我最害怕失去純真的自己！」這樣的論點，看似既文青、又心靈；但話說回來，為了保留這個莫忘初衷的自己，你又做過什麼樣的努力呢？

如果只是看重，而不珍惜，失去一切，只是剛剛好而已。我們都以為自己很看重某些人與事物，但其實並沒有認真投入心力，嘴巴上說很重要，實際上卻根本沒做什麼，最後就是流於形式，等到失去的時候徒增遺憾。

此外，還有更不合乎邏輯的觀念與做法，就是花太多時間在處理「既不看重、也不珍惜」的人與事。套句網路流行用語，就是：「整個人生，完全畫錯重點。」或許你讀到這裡，心裡有疑惑：哪有可能把心力投入於「既不看重、也不珍惜」的人與事上面？但其實這樣浪費生命的事情，還真的是不勝枚舉。

你缺乏足夠的勇氣去迎接挑戰，
寧可「暫時」維持現狀。只不過，
你不知道很多個「暫時」累積起來，
就幾乎是一輩子了。

例如：聽到一句閒言閒語，就為此耿耿於懷，甚至費盡苦心去打聽，是誰說的？為什麼這樣說？又如：有些投資股票的股民，花很多時間儲存堆積來自股東會的贈品，那些東西往往既不實用、品質也差，屬於「既不該看重、也不必珍惜」的等級，卻連送給別人都捨不得，一直催眠自己說：「或許將來有一天我會用到！」簡直就是把垃圾堆滿櫥櫃，完全沒想到自己生命的價值，遠遠超過那些紀念品的價格。

還有，每天花時間看八點檔、追網路劇，也差不多是一樣的意思。除非那些戲劇對你的生命有其特殊的必要性，或給你帶來某些幸福的養分。否則，都只是殺時間而已。

當你不再是少年十五二十時，歲月中的每一分每一秒，都開始倒數計時。**唯有把時間和心力，花在「必須看重，並且值得珍惜」的對象與事物，才不會虛度此生。**不要再跟自己打迷糊仗了！看重值得看重的，並且珍惜你所看重的，才能讓自己把生命聚焦於真正的重點，在取捨之間自得其樂。

38

小劇場×內心戲

你看到雜誌上一則報導：一個年輕記者，三年內將自己的薪水從兩萬八跳到十二萬。原來從南部北上台北工作的她，月領兩萬八的薪水，付完房租與大都市的高消費後所剩無幾，於是她毅然轉調到花蓮，加上津貼有四萬；兩年訪遍花蓮的大小新聞後，她又跳槽到北京，薪水加津貼到十二萬。而不論花蓮、北京，在工作之前她從來沒去過。看完這故事，你有什麼想法？

☐ A. 這個人真的很拚，為了賺錢，什麼地方都能去。

☐ B. 效法她！趁年輕就應該多歷練，賺到錢、也賺到經驗。

☐ C. 山不轉，路轉。不應給自己畫地自限，也不要總是賴在舒適圈。

☐ D. 羨慕她！但認為自己應該做不到，還是做能力可及的事吧。

☐ E. 佩服她！經濟不好，大家都苦，因此被迫離鄉背井，激發了自己的潛力。

大人的成熟指標

為充分自省
而刻意暫時隱遁

離開熟悉的自己愈遠，找到全新的自己愈多！

因為在熟悉的環境中，
我們沒法真正看清自己，
唯有真正地對熟悉的事物，
來一次狠心的斷捨離，
才終於知道自己最在意的是什麼？
然後，重新檢視與修正自己。

朋友突然決定參加宗教團體舉辦的「禪七」，到出發前又非常猶豫，所有世俗的牽掛一一湧現。她既有公務的顧慮，也有家庭的擔憂。她說，倒不是害怕七天的短期修行有多累，而是無法與家人或同事聯絡，這點很難克服。想到自己可能無法安度完全與世隔絕的七天生活，讓她在出發前感到非常恐慌。

我很能同理她的感受，因此不忍苛責。但我心中還是會默默想著：無法與家人或同事聯絡，刻意與世隔絕，正是修行很重要的一部分。禪七，並不只是早課、晚課而已，讓自己完全安靜下來，在沒有外界干擾的環境中，面對最真實的內心，或許是修行中特別有意義的鍛鍊。

後來，她果然沒有熬過那七天，第三天中午就下山了。表面上，她說是找個身體不適的理由離開；但事實上也的確有身體不適的狀況發生。想到家庭乏人照料，老的、小的可能都無法應付日常，她就頭皮發麻，接著胃痛如絞，整個人身心失調，無法繼續課程，只好斷然下山。

她說，放棄禪修時，心中沒有太

多遺憾。至少，更印證自己還沒有準備好。**不過於逞強，勇於面對內在的不足，這也是對自己更深刻的認識**。接受內心的軟弱，其實也是一種堅強。

我跟她有很類似的狀況，感觸特別深。因為要照顧長輩的關係，二十年來，我很少能夠離家太久。超過五天的公務出差，都會被我斷然推辭，更遑論私人休閒的旅遊，更會令我覺得自己不能如此自私。

近年來，因緣際會之下，唯有兩次超過十天的旅行，讓我印象深刻。雖然在出發前，就做了很多準備，讓自己勇於拋家棄母、暫停工作，但旅途中的煎熬，真的很刻骨銘心。即使我天天打電話回家報平安，但第五天從電話中傳來八十歲的母親，因為難以擺脫心中對兒子的依賴，以飲泣的聲音說：「我很好，你不要擔心。我一直在算日期，看你哪天會回來。」那時，我的心還是緊緊地揪成一團，不免自問：我究竟是在訓練她獨立，還是訓練自己獨立呢？

但是回頭看看，總是要經歷這些

啊。旅行結束後，回到出發的地方，才會明白：離開熟悉的自己愈遠，找到全新的自己愈多！暫時隱蔽，確實有其必要。因為在熟悉的環境中，我們沒法真正看清自己，唯有真正地對熟悉的事物，來一次狠心的斷捨離，才終於知道自己最在意的是什麼？然後，重新檢視與修正自己。

這次旅行結束，我決定推辭更多的工作，留更多的時間給自己。斷然回絕許多之前尚未回覆的邀約，讓行程表盡量留有餘裕。

之前我曾經在為期十二天的巴黎

旅行回來後，完成一本心靈的遊記《每一次出發，都在找回自己》（皇冠出版），很多讀者說，看了特別有感觸。**我們總在一次又一次的出發中，一次又一次的離別後，看見自己全新的可能**。但這些感悟，也是稍縱即逝。關鍵是，當下就要讓自己更新內在的心靈程式，以具體行動做出改變，才不會立刻又打回原形。

閉關，就是為了開啟。開啟之後，就不要再走回頭路。擁抱全新的自己，勇敢走向不同的人生。

39

小劇場×內心戲

說阿寬是個工作狂也不為過，他老是嚷著時間不夠、時間不夠，來去像一陣風。可能是跑業務吧，讓阿寬成為一個徹底的急性子。直到一天，例行的健康檢查報告出爐，阿寬的健檢數值有幾個紅字，讓他感覺不妙。面對公司的重用，阿寬又不能減少工作時數，你覺得阿寬該如何解決這個困境？

☐ A. 既然工作與健康難以兼顧，就少賺一點錢吧。
☐ B. 建立團隊，分擔責任。透過授權，讓工作和健康得到平衡。
☐ C. 工作雖忙，只要懂得適度紓壓，還是可以兼顧健康。
☐ D. 透過時間規劃與自我管理，提升工作效率，就會有時間休息。
☐ E. 趁機會大好，再拚個一兩年，過程中還是可以顧到健康的。

大人的成熟指標

在忙碌的工作與輕鬆的休閒之間平衡

忙到沒時間生病，意志力和體力拔河，結果是雙輸。

忙到沒時間生病的人，壓力會干擾免疫力。等到壓力突然消失的時候，免疫力不是毫無作用就是過度反應，反而容易生病。

在必須身兼照顧長輩與工作專業的雙重壓力下，我一直被朋友們認為是時間管理的高手；但我自認為應該歸功於長期運動的好習慣，有效地達到紓壓的效果。

一年到頭沒有休假，即使有任何可能的閒暇時間，也都安排陪伴媽媽到附近走走。我漸漸忘記自己是個完全沒有真正休閒的人，從來沒有讓自己真正全然地放空過。

就算偶爾朋友會提醒我：「你這樣過著超人的生活，會不會有點不正常？」我嘴巴說：「還好，謝謝關心！」內心卻暗暗歡喜地回應：「是啊，我就是超人。」

「勞碌命」，對我來說，曾經是很幸福的！每天都有事情可做，值得感恩與慶幸；行程排得滿滿滿，是老天眷顧。直到每逢碰到幾年來難得沒有任何行程的連續假期，我都得重感冒一場，才慢慢重新思考「勞碌命」的意義。彷彿連身體都在提醒自己：一路快衝狂奔到此刻，人生真的還要如此拚下去嗎？

忙到沒時間生病，一休長假就重感冒。這並非勞碌命，而是身體在提醒過度操勞的心志，要回來好好重新愛自己。

說起來，真要感謝我的身體，僅用「重感冒」來表達關心之意，不是難治療或痊癒的大病。但是，對因為不斷用意志力逞強而很少生病的我來說，呼吸不順暢到全身癱軟躺在床上幾天，夜無好眠、食不知味，這些小小的折磨已經夠讓自己深刻反省了。

朋友傳來國外的研究調查報告指出：忙到沒時間生病的人，壓力會干擾免疫力。等到壓力突然消失的時候，免疫力不是毫無作用就是過度反應，反而容易生病。

道理是這樣的：人會因為過於忙碌，而產生壓力；有壓力時，就會大量產生腎上腺素。此時若是身體健康，則沒有影響；若遇到病菌感染，身體免疫系統明明該反應卻不反應。等到突然不忙時，腎上腺素沒有刺激，免疫系統會恢復正常，甚至過度反應，明明只是小感冒病菌，都會當作大感冒病菌來防禦，身

偶爾忙裡偷閒，培養隨時可以暫停的能力，
以適當的節制，詮釋另一種自由的意義。

體就感覺像是生了一場大病。

單身的人，沒有太多生病的本錢。**為生活忙碌到無暇生病，是一個很大的警訊。時間管理再好，紓壓運動再多，都無法違逆身體需要好好休息的真理。**

年輕時的打拚，用無限體力去追求成功，需要的是意志力。在心智逐漸成熟的過程中，就要慢慢做規劃：不要再靠意志力去硬撐！畢竟，我們都不再是可以一味地用勞力去拚命的少年仔，不能只是放自己一馬，偶爾忙裡偷閒，而是要忙著找時間多休息，才能蓄積安度人生下半場的能量。

40

小劇場×內心戲

小玉非常羨慕隔壁鄰居，出入開賓士，每年出國旅遊至少一次。鄰居人也很好，有出國的伴手禮都會分享給小玉一家。只是拿著禮物，小玉不禁陷入幻想漩渦之中，回到現實卻更加窘迫，心情就這樣忽高忽低。一天睡前，老公握著她的手說：「這些日子辛苦你了，我們全家找一天到花蓮度假吧。」那一晚，小玉睡得特別香甜。你覺得她感受到了什麼呢？

☐ A. 假期美好。難得可以全家出遊，放鬆身心，紓解壓力。

☐ B. 老公關愛。原來他不是只會埋頭工作，也有關心妻子喔。

☐ C. 保住顏面。鄰居優渥的生活，讓自己有壓力，這下子證明自己也不差。

☐ D. 平凡幸福。終於體會到其實幸福不在花蓮，而是在掌心啊。

☐ E. 慚愧覺悟。自己應該要珍惜已經擁有的，不該只是羨慕別人擁有的。

大人的成熟指標

不再為金錢患得患失

為錢賣命不值得；
有錢對別人好，才是真富足。

當自己內心感到真正的豐足，
就可以看存款決定要賺多少錢，
賺到錢後再決定支出。
不再為五斗米折腰，
不要為了賺錢讓內心感到屈辱，
或賠上健康。

幾乎所有教導讀者規劃人生下半場的書籍，都會不約而同地談到理財觀念，甚至鉅細靡遺地引領讀者精算，究竟要累積多少錢，才夠用於未來的生活。

但只要你認真想想，就會知道，那些提醒都只是原則性的建議，沒有任何一個人可以幫你計算出精準的數字，要存夠多少錢，才能夠度過餘生。甚至，有些數據掌握在老天爺的手裡，你永遠算不準自己會健康活到終老，或是哪一年生什麼病，會花掉多少積蓄。

既然如此，就放寬心吧！

下次別再這樣了，一聽見理財專家說：「至少需要新台幣兩千五百萬，才夠本錢養老！」回頭就更節儉了，省到連老友重逢時的一杯咖啡都捨不得請對方喝。或是另一種豁出去的態度：既然存不到老本，不如來個「今朝有酒今朝醉」，痛快過日子，把手邊僅有的金錢都揮霍光了再說。

以上兩種反應，都是過於極端的態度。**成熟人生的金錢價值觀，應該把握更接近「中庸之道」的**

態度，在「該省則省」與「當花則花」之間，找到最適合自己的標準。

其實，新台幣兩萬和二十萬，都能過一個月。在路邊吃一碗陽春麵，和上高檔餐廳吃一碗日式拉麵，都會很幸福。而最棒的生活態度是：每次在路邊吃一碗陽春麵時，都能夠萬般珍惜地享受眼前的豐足；偶爾上高檔餐廳吃一碗日式拉麵，也會捨得讓自己安心地盡情體驗奢華感。

雖然很多媒體報導過，台灣人至少要有存款兩千五百萬，才能安心退休。但你應該從另一個角度反思：許多人沒有兩千五百萬的存款，卻也自在地過完了一生。

全世界沒有人可以界定你的消費標準。只有你自己才會知道，如何花錢才能夠讓自己擁有餘裕、卻又對別人不太刻薄。

但是，請你務必建立正確觀念：**花錢的態度，並非全部出於自由心證，更不是憑一時的感覺，而是累積很多理性思考與決策過後，所培養出來的習慣。**

你總要先開始記帳，熟悉自己如

何量入為出，從收入中先提撥部分比例做為固定的存款。從年輕的時候，就開始積極地學習理財，包括保險的規劃、購買定期定額的基金、適度投資，才能讓自己在花錢時感到心安而沒有匱乏。

剛開始的階段，學習斟酌比例，比實際金額多寡，還要重要很多。一個月能存款兩千、或存錢兩萬，都很幸福。

為下半生的財富預做準備，最簡單的原則是：看收入決定存款，看存款決定支出。或者，等到你很厲害的時候，就有本事倒過來：當自己內心感到真正的豐足，就可以看存款決定要賺多少錢，賺到錢後再決定支出。不再為五斗米折腰，不要為了賺錢讓內心感到屈辱，或賠上健康。

剛開始有收入時，最容易犯的錯誤是：賺到多少，先花多少，有剩餘的錢再決定要不要存起來。這樣的消費態度，很難真正存到錢。

大人朋友有了適度的積蓄後，最常見的問題是：明明已經老本在望，還貪求錢財。為了追求更多金錢，不惜出賣老命，或捨不得對別人付出，甚至為小錢斤斤計較。

為錢賣命不值得；有錢對別人好，才是真富足。人過三十以後，花用金錢的態度與價值觀，多半已經漸趨穩定，你不該再為錢患得患失。錢不多，就自己省一點用，只要不負債累累，已經足矣；錢夠多，就不要太斤斤計較，讓自己和內心所在意的人，都活得開心最重要。

41

小劇場×內心戲

阿貞的興趣是研究各種省錢的小撇步，在社區內，大家都尊稱她一聲省錢大王。哪家超市的拖把最便宜、衛生紙正在特價，問她準沒錯。阿貞的興趣就是研究各家超市的DM，算著該去哪家囤貨最划算。幾年省下來，阿貞雖然不知道是否真的有賺到多少，但總覺得心安。你覺得她這樣精打細算的個性如何？

☐ A. 積少成多，聚沙成塔！懂得節儉，總是沒有錯。
☐ B. 精打細算的精神很可貴，但也容易因小失大。
☐ C. 若在金錢上錙銖必較，會影響人生的格局。
☐ D. 省錢和賺錢都很重要，懂得用金錢換取時間，更是有智慧。
☐ E. 對家庭主婦來說，省小錢是一種樂趣，也是成就感的來源。

大人的成熟指標

擁有穩定而健全的金錢態度

太專注於精打細算，就很容易因小失大！

因小失大是因為：只著重於眼前的小事情，沒有看到更大的格局；只看到短期的盈虧，缺少中長期的遠見。

更重要的癥結是：內心的匱乏感，形塑了人生窘迫的樣貌。

每回到了年終，總會有很多聲音提醒著你，是該結算的時候了，要看看一年即將過去，自己還有哪些存糧。跨年，充滿希望；回顧，卻難免感傷。

情感的損益表，沒有真正的平衡點；金錢的存提款，數字則令人觸目驚心。也許你因此開始對財務的數字有所警覺，或是你早就開始對金錢的算計有所準備。尤其當新聞媒體不斷報導：哪些企業福利好，年終獎金超過六個月；哪家公司虧損多，沒發年終獎金就已經倒。你開始想像：退休年紀到來的那一天，你的荷包是否還夠未來的養老。

每個人對於金錢的態度不同，除了坐吃山空的人之外，大致上可以分為兩種類型：若不是不太在乎細節，就是過於斤斤計較。不太在乎細節的人，往往傻人有傻福，無論是夠用就好、或能捨能得，都還算自在。倒是**過於斤斤計較、而且省吃儉用的人，比較容易跟自己的金錢為難**。

太專注於精打細算，就很容易因小失大。表面上是因為：只著重於眼前的小事情，沒有看到更大的格局；只看到短期的盈虧，缺少中長期的遠見。其實更重要的癥結是：內心的匱乏感，形塑了人生窘迫的樣貌。

有位朋友收入穩定，銀行定期存款也夠生活所需。她是一位普通上班族，財務狀況能有今日的水準，真的是省吃儉用來的。但是，她的節省狀況已經到了過於精打細算的程度，連週末回家探望母親，先搭乘捷運再轉乘公車的里程與時間，都要算得非常仔細，即使只差五塊錢，也不容許讓自己過得舒適一點。以她的收支狀況，大可不必如此費周章。

她的妹妹在金融界服務多年，運用自己的專業技能幫她做一張分析表，發現：她對於交通費用精打細算的結果，每個月只不過省下一碗陽春麵的錢，卻因此要多花將近三個半鐘頭的時間在路上奔波。

她笑著說：「有什麼關係，我閒著也沒事，轉搭公車當兜風。」妹妹聽了卻感到辛酸，忍不住勸告她：「這三個半鐘頭可以拿來休息、運動、做瑜珈，甚至多陪陪媽媽。」

像她這樣的例子，其實還不是最嚴重的。另一種因小失大的典型是：習慣省

「看重」不等於「珍惜」。
那些我們一直以為
很看重的人或東西，
未必是有好好珍惜的。
看重，是一回事；
珍惜，是另一回事。

小錢，反而很爽快地花大錢。省到連早餐都捨不得吃，投資股票一賠就是幾十萬。還有些人，在三餐之間省錢，卻在治裝費用上揮霍，弄到身體健康出問題，再美的衣服都沒機會多穿。

目前台灣社會具有經濟指標的群眾50+，也就是五十世代，被認為是當今最有錢、最捨得花錢的族群，但也是最不知道如何在「省錢」與「花錢」之間找到平衡點的一群人。他們不像有些年輕人因為沒有積蓄，而過著另類「今朝有酒今朝醉」的生活；也不像另一種富豪人生，敢於享受奢華。

因為他們多數的錢，是靠著自己賣命賺到、又拚命省下來的。認真賺錢，似乎責無旁貸；捨得花錢，需要重新學習；妥善理財，更是極高的智慧。

舉這些實例，並非要你不要省吃儉用，隨意愛怎麼花就怎麼花，而是要提醒你：**對金錢精打細算的同時，還是要顧全大局，不只是資產的運用與配置，還有自己的健康、學習、休閒、人際關係……，都要盡量維持平衡，才會擁有真正的富足人生。**

▼ Level 7 ▲

預演老後——

在身體頹圮之前，用心理成為支柱。

你對「老後」有幾分熟？這問題的答案，千萬別等到你真正老了以後才想，現在就要開始做準備。

42

小劇場×內心戲

看著電視上紛擾的年金改革議題，立昌顯得心煩意亂。LINE上傳來保險業務的問安圖片，對方還順帶提到最近新出了美金儲蓄險。立昌快速盤算了一下資產，距離存夠老本能夠退休的年紀不遠了，但聽到朋友退休後的生活，好像也過得不盡順遂。立昌有點焦慮地問自己：「退休真的好嗎？我準備好了嗎？」他有好多念頭，哪種心態與你的想法最接近？

☐ A. 年輕時必須加倍努力賺錢，中年後才能提早替自己贖身。

☐ B. 經濟不景氣，未來的風險很高，絕對不要輕言退休。

☐ C. 退休前不只要累積財富，也必須想好退休後的人生規劃。

☐ D. 能在退休前就已經存夠老本，真是佩服自己啊。

☐ E. 年輕時不只認真工作，也要盡情玩樂，老後生活才不會無聊。

大人的成熟指標

及早規劃退休生活

退休就像中樂透，雖獲得期盼很久的豐盈與自由，但不知所措。

把所有的時間還給自己支配，從此再也不需要為五斗米折腰，之前以為絕對會很快樂；真正退休以後，才發現若要享受真正自由自在的生活，其實還要適應很久。

如果你經常流連於網路，應該已經讀過「富翁和漁夫」的故事很多次了。我摘要大意如下：

碼頭邊，有個衣服簡樸的漁夫在破船上閉目養神，一位衣著闊綽的遊客主動攀談，勸告他說：「如果你在天氣好的日子，多出幾次海去捕魚，不久之後你就可以換購一條船，建立冷藏庫、魚場，甚至以直升飛機搜尋魚群，用無線電指揮船隻，成為一個百萬富翁。」

漁夫問：「成了百萬富翁，然後呢？」

富翁回答：「然後，你就可以退休！優哉游哉地躺著享受陽光。」

漁夫說：「你不覺得，我現在已經在享受陽光了嗎？」

以上這個故事，可以有很多不同的詮釋角度，包括：企業管理、志趣發展、天賦才能、生涯規劃等。富翁從企業管理的角度給建議；漁夫從生涯規劃的立場回應。若要再談到志趣發展、天賦才能等問題，或許人各有志，天命也大不相同。

倒是它同時也碰觸到預先規劃退休生活的議題，不免令人深思，當一個上班族在職場上打拚多年以後，會很期待退休生活嗎？

我知道身邊的朋友分為兩派：一種是討厭工作到巴不得立刻退休，另一種是熱愛工作到最好可以永遠不要退休。

無論你是屬於哪一種人，時間到了、年歲屆滿，無論是主動或被動，六十五歲或八十歲，總會要面臨退休的一天。

還有另一種比較特殊的退休概念，是我在三十三歲正式離開上班族行列的那一天，所覺悟到的。我心中對退休的定義，與別人有些不同。**我認為的退休，和有沒有繼續工作無關，而是能否不再為賺錢而工作。當你擺脫為錢賣命的桎梏，當下就能享受贖身的自由。**即使你還在繼續工作，卻是為了自己內在的熱情或夢想而付出，完全不覺得自己是在工作，彷彿是已經退休在做志工了。

問題是，替自己贖身之後呢？

若沒有適當的想法與做法，退休之後的空閒時間，不只是留白，而是一片空白。退休就像中樂透，雖獲得期盼很久的豐盈與自由，但不知所措。把所有的時間還給自己支配，從此不必再見到你討厭的主管或同事，再也不需要為五斗米折腰……，一時之間擁有完全自由自在的生活，之前以為絕對會很快樂；等到真正退休以後，才發現若要在生活中享受真正的自由自在，其實還要適應很久。

原來，退休生活是必須提早規劃的，才能無縫接軌地開始享受你夢寐以求的人生。否則，內心的恐慌與排斥，會使得不必上班的日子變得空洞而沒有意義，整個被孤單寂寞的感覺侵蝕。

你不能等到正式退休那一天之後，才開始打點自己要過怎樣的退休生活，必須及早開始想、開始做。距離退休日期愈遠之前開始規劃，並且一步一步實踐，退休之後的生活品質就會愈好。

首先，財務無後顧之憂。這並非是錢多錢少的絕對數字高低，而是你自己心中對金錢的安全感，建立於怎樣的消費水準之上。有些人財產不多，但活得很自在；有些人領固定月退俸，卻還是惶惶不安。個性，影響理財觀念；老本，卻又影響心情與生活品質。其實日常支出，只要夠用就好。意外或健康狀況，可以靠保險幫忙。其他，就不要想太多。

第二，學習與疾病共處。身體健康固然很重要，但及早培養和疾病共處的正確態度與智慧，遠比戰勝疾病更重要。人到一定年紀，難免有些慢性病，有的來自基因遺傳，有的是過去太勞心勞力累積下來的。確實，等到退休之後，你再也不能有藉口，說沒時間照顧身體與養生，那何不從現在就開始重視自己的健康，學習與疾病相處，將來就不用等到退休那一天才開始亡羊補牢。

第三，良好的生活習慣。包括運動、飲食、作息、調整想法成為正向價值觀……這些作為，都應該趁年輕的時候，就開始養成好習慣；而不是等到退休以後，才來戒除壞習慣。良好的生活習慣，會減輕你的負擔，也會讓你活得更快樂。

第四，友善的人際關係。擁有幾位談得來、而且毋須防備的朋友，可以豐富

不停運轉的人生，
雖然比較投入，
但也容易因為過度
埋頭苦幹或疲乏，
而失去真正的方向與目標。

你老後的人生。朋友要趁年輕時就開始交往，友誼才會愈陳愈香。若是等到年紀大了才開始想要交朋友，往往為時已晚，因為自己的個性獨立慣了，甚至固執不肯妥協，很難交到知心的老友。即使有幸結交到好朋友，也可能因為生老病死的緣故，對這份好不容易建立起來的友誼，沒法享受太久。

第五，真正熱愛的興趣。做自己有興趣的事，這是人生最大的幸福。若在職場上無法如願，至少在私人生活的領域，與職涯發展無關的面向，能夠找一個舞台，好好施展身手。沒有人，可以陪你到最後；只有你熱愛的興趣，可以伴你天長地久。

以上五點建議，給所有大人們參考。退休生活，真的不是從退休那一天才開始的，而是從你上班那一天就要及早規劃與實踐，愈早做、愈輕鬆。

43

小劇場×內心戲

難得排出一段假期，你帶著爸爸到歐洲旅行。在米蘭遊逛時，兩個吉普賽人貼到爸爸身邊，把他口袋裡的現金給扒走了。當下的你來不及反應，向路旁的義大利警察報案，對方只是兩手一攤。望著爸爸，忽然你發現他的頭髮不知何時已經全白，臉上皺紋也多了不少。回到飯店，你忍不住難過起來，從爸爸變老了的領悟中，你的哪種感觸最深？

- ☐ A. 多跟爸爸聊天談心，以學習適應自己老了之後的心態。
- ☐ B. 祈求自己身體健康、財務獨立，千萬不要成為子女的負累。
- ☐ C. 把握父母還能走能動的時候，多陪他們去遊山玩水。
- ☐ D. 回憶起小時候的點點滴滴，再次溫習爸爸對自己的寵愛。
- ☐ E. 從前爸爸是座山，現在開始自己要當爸爸的靠山。

大人的成熟指標

提前學習照護自己的老後

變老，很容易。比較困難的是：
接受，以及適應老化的過程。

「服老」這兩個字，意義深遠，
既是「服氣」、「服從」，
也是「服務」。
不僅要心服口服，還要學習技能，
讓自己老得平安，
以及懂得伺候比你老得更快的長輩。

青春易老，這是事實。只要年過三十五以後，所有「你看起來還很年輕！」多半都是客套話，頂多就是比同年齡的人表面上稍微年輕一點，由於遺傳基因、個人保養、生活作息等影響，讓你在容貌上暫時不顯老態而已。你不必對這溢美之詞太過於驕傲，那是眼睛業障重，一切都是假的。

若是透過醫美貢獻而來的人工美貌，其實明眼人一看就知道，只是基於尊重與禮貌，用祝福的態度，化解眼光交會時那一剎那的尷尬。

變老，真的好容易啊。透過眼角的魚尾游來、額頭的皺紋浮出、熬夜之後的身體疲累、登山或長跑時考驗的耐力不濟，甚至聊到時不我與的話題就突然想生氣。你知道的，自己老了。

即使有時候這些現象未必明顯發生；但和你從小一起長大的好友當上「阿公」了，或是你的雙親突然之間走到人生的最後一里路，而你成了生命中最孤單的送行者……，忽焉之間，你知道再也無法逃避這個事實：歲月催人老！這早已經不是你要不要、你喜歡不喜歡的問題。

變老，很容易。比較困難的是：接受，以及適應老化的過程。「服老」這兩個字，意義深遠，既是「服氣」、「服從」，也是「服務」。不僅對於變老這件事情，要平心靜氣、心服口服，還要學習技能，讓自己老得平安，以及懂得伺候比你老得更快的長輩。

「服氣」是情緒上的，你終於不再氣自己力不從心了；「服從」是能力上的，你慢慢開始學習：如何遵從內心與體力，平衡靈性與世俗，好好活在一個逐漸變老的趨勢裡；「服務」是理念上的，你務實地讓自己在老化中活得更好的同時，也能幫助跟你一樣在逐漸衰老的朋友、或自己的親友長輩。

接受老化，就是俗話說的「認老」！適應老化，可以概括說是「服老」。但**無論是「認老」還是「服老」，並不是當下一念有了決心，就能夠擁有義無反顧的能力，因為老化是隨著時間不斷在變化的過程**。例如，剛開始可能只是視力減退，後來要配戴具備矯正老花的眼鏡才能閱讀，再過幾年可能要動白內障手術。又如，最初可能是幾根白頭髮，後來要經常大面積染髮，再過幾年可能是整頭銀白，甚至落髮到童山濯濯。

若有機緣親自照顧年老的父母，是接受與適應老化最好的體驗。父母化身為菩薩，在你眼前顯化最真實的衰老過程，讓你驚懼、害怕、不捨、心疼，如果你夠有勇氣，也鍛鍊出能力，沒有中途逃跑，最後你將在學習中感恩，並且對自己的老化培養出信心。

或是再積極一點，為了及早照顧年邁的父母，比他們的老化速度更提前一點學習如何面對衰老、處理衰老，以身心靈全面的關照，驕傲地告別青春，徹底地接受老化的美學。無論身心健康、或有慢性疾病、甚至發現重症，都能安然自在地面對人生最後的一里路，除了幫助父母無憂無懼地老去，也給自己一個無私無畏的老年。

最近幾年，有些年輕朋友在身強力壯的階段，就積極投入長期照護的領域，學習專業技能，把照顧老人當作一生的職業或志業。他們在很年輕的時候，就可以從需要被照顧的長輩身上，開始體驗老化、處理老化，面對生死議題時，也比一般人理智而勇敢。並非因為工作而變得麻木或無情，而是要在千錘百鍊中學習安頓身心。

關於衰老與死亡，我們不必盲目地要求自己看淡、看破、看開，而是在每一個時刻，清楚地看見生命如春夏秋冬持續地進展。在當下接受與適應老化，愛將因此而永不止息。

44

小劇場×內心戲

悟蘭感覺到公司裡面年輕妹妹們愈來愈多，一開始完全不知道怎麼跟她們對話，才說幾句，場面就乾得講不下去。她們關注的話題、追的歐巴，和悟蘭過去的生活完全不一樣。不過，悟蘭仍嘗試聽她們說話。慢慢地，也想起年輕時瘋迷的瓊瑤劇、聽的披頭四，原來青春都是一樣嘛。從這個例子延伸，你如何跟不同世代的人溝通？

☐ A. 勇敢做自己，不需要勉強討好。
☐ B. 結交幾位不同世代的朋友，交換彼此的觀念與經驗。
☐ C. 盡量模擬他們的心態，使用他們的語彙，以拉近距離。
☐ D. 對自己保有信心，對他們保持好奇，願意向對方學習。
☐ E. 互相尊重就好，其他就隨緣吧。

大人的成熟指標

毫無代溝地擁有幾個忘年之交

保持活力的秘訣：多結交年輕世代的朋友！

願意和年輕世代交朋友，並非委屈自己，討好對方；自私一點說，其實是為了圖利自己，讓自己的觀念與品味，不會隨著年齡快速老化，而且時時保有活力。

如果你活到此刻，還在為人際關係煩惱，這個問題其實正好彰顯出自己內在有不夠成熟的一面。雖然明明已經到了毋須勉強自己、遷就他人的年歲，但是也不該閉著眼睛不看自己的個性問題，太過於任性而為。

所謂的不必太勉強自己，是說不用刻意費心討好那些跟你「道不同，不相為謀」的人，而不是要讓自己活得像隻刺蝟，無論到哪裡都惹人煩厭。

當你發現身邊跟自己同年齡的朋友都很固執，話題上難以有共鳴；跟年輕人在一起時，又覺得彼此之間有代溝。這時候，就該謙虛地調整自己的心態，別再倚老賣老。

你一定看過在捷運或公車上訓斥年輕人的長輩朋友，他那理直氣壯的模樣，絕對就是我們在愈活愈成熟的過程中，最好的借鏡。假若你在一個月之內，有機會接觸五位比你年輕一輪的世代，彼此話不投機，雙方超難親近，這個現象就是很大的警訊。

和比你年輕的世代相處不來，所反映出來的，並不只是人際溝通的障礙，更

重要的是：你的心態已經徹底老化，跟不上時代。

我在《重新一個人：擁有自由無畏的人生下半場》（皇冠出版）書中提到過一個觀念：人到中年，要擁有幾個「忘年之交」，也就是不分年齡、沒有代溝的朋友，這些互動會讓彼此成為「旺年之交」。

而今，我更重視**和比自己年輕一輪的朋友互動，以更開放的心態，多傾聽他們的意見，觀察他們的喜好，接納他們的流行**。願意和年輕世代交朋友，並非委屈自己，討好對方；自私一點說，其實是為了圖利自己，讓自己的觀念與品味，不會隨著年齡快速老化，而且時時保有活力。

和年輕世代交朋友，只要能夠做到：了解、接納、包容、欣賞就好，未必要讓自己百分之一百地認同他們，也不必要刻意模仿、假心附和，以免努力配合之後，又被說成裝可愛、扮年輕，反而流露出一種「時不我與」的窘態。

此外，還要注意金錢的往來。大部分年輕人的工作資歷與收入，都不如長輩朋友，在合理的前提下，由年長的朋友招待喝杯飲料、吃頓便餐，還算是人之常情。但若因此而過度涉入金錢往來，彼此關係很快就會變質。無論你是與同性或異性的年輕朋友往來，都必須把握友誼互動的分寸，不要讓對方有非分之想，更不要企圖以金錢攏絡人心。尤其，千萬不要涉入兒女私情，以免晚節不保，人財兩空。

幾年前，發生於台灣北部的咖啡館殺人事件，一位女店員殺害老夫妻的命案，足以為鑑。任何友誼，一旦混入金錢與感情，都會產生質變，讓美好的晚年蒙上陰影。反之，只有最純粹的友誼，才最能維持長久。

45

小劇場×內心戲

或許你還沒有想像過，老後的自己是什麼模樣？如果有一天生病或老得不能動了，你會願意插上鼻胃管，還是拒絕做個臥床老人？甚至，在面臨可能離世的日子，在自己還能行動、腦筋清楚的狀況下，你會清楚交代自己的後事，預先處理遺產或遺物嗎？還是什麼都不想管，反正生不帶來、死不帶去，任憑別人去處理就好？

☐ A. 自己用白紙黑字蓋章交代清楚，個別當面交給各個關係人。

☐ B. 這種事情，若是委託親友處理都會有問題，一定要找律師或交給銀行信託。

☐ C. 慎選最有執行能力的親友，談好條件，請他幫忙處理後事。

☐ D. 珍惜生命，順其自然就好！畢竟，人算不如天算啊。

☐ E. 總覺得犯忌諱，子女既不想提，自己也就不理。

大人的成熟指標

慎重計畫自己的臨終大事

自己的終身，不是要託付給信任的人，而是有執行力的人。

信任，有時候只是情感上的委託，未必等同於能力上的授權，想明白、看清楚、找對人，此生才能沒有後顧之憂地全程走完。

我的高中同學，在重返單身多年以後的一個夜裡，主動打電話給我。他慎重其事地說，稍後會寄一封電子郵件給我，要對我交代他的銀行存款與網路密碼，約定將來若有一天他走了，希望我幫他料理後事。

突然接到這樣的電話，我並沒有特別感到意外震驚。

以我對他的了解，他作息正常、重視養生、經濟穩定。身體上除了可以靠藥物控制的慢性病之外，還算健康。雖然他因為工作壓力與對單身未來的不安，有少許睡眠障礙，靠定期運動與藥物，還是可以自在生活。我很清楚，他從來就沒有輕生的念頭。他只是慎思熟慮之後，希望在身心穩定、頭腦清楚的時候，對人生的最後一段旅程，有更清楚的規劃。

對於單身族而言，所謂的「終身大事」，已經不是尋找一位可以共享生理激情、或陪伴心靈成長的對象，也不是找一個人來代替支付早就開始倒數計時的長期飯票，而是可以被委託幫自己處理臨終大事的人。

至於為什麼選擇我？大概就因為我們是從小一起長大的朋友，而他也覺得我的人品值得信賴。以及，他認為我有能力完成他的付託。

除了感到被對方信任的榮幸之外，我當然也有些微的惶恐，看來我若要承擔朋友委任處理「終身大事」的這份付託，必須要確定自己能活得比他更久，而且還要有足夠的執行力才行。

通話結束之後，理性的邏輯思考結束，感性的溫柔回應升起。我開始學著去接受這個事實：每個人遲早都會有交代後事的一天！內心的感傷才慢慢伴隨著平靜的喜悅，如同咖啡上奶泡的拉花，輕緩而均勻浮現出歲月中美麗的圖案。

至於，這樣的終身大事能託付給誰？還真是要看緣分。已經結婚生子的人，或許有幸可以交代給伴侶或子孫；但也可能很不幸在人生最後一站，經歷家人為了遺產而鬧到妻離子散。單身的人，必須更加慎選「託付終身」的對象，就算可以找銀行信託財產，還是需要另一個人協助落土為安。

無論已婚或單身，自己**人生旅程最後的終身大事**，**不是要託付給信任的人**，**而是有執行力的人**。他必須比你活得更久，還要能幫你把事情按照你的方式處

其實每一天，
我們都在與生命告別。
那些曾經說出口的、
或是從來沒有說出口的再見，
都無增無減於彼此的愛。

理完畢。

信任，有時候只是情感上的委託，未必等同於能力上的授權，想明白、看清楚、找對人，此生才能沒有後顧之憂地全程走完。

儘管，人生無常，難免有變數，你也毋須惶惶不安，頂多就是預備兩、三個替代方案，就能夠比較心安。

46

小劇場×內心戲

「如果老婆和母親同時掉進河裡，你會先救誰？」這種魚與熊掌要你不可兼得的心理測驗題，總是引來答題者一陣傻笑，或是模稜兩可的含糊回答。如果可以，當然要盡全力做到兩全其美。就像這一道題：「如果活得精彩和活得長壽，只能選一個，你會選哪一個？」你心裡有最好的答案了嗎？

☐ A. 人生幹嘛要活得精彩，平凡也是一種美。
☐ B. 好死不如賴活，能陪著心愛的人過日子，當然愈久愈好。
☐ C. 活得精彩和活得長壽，絕非二選一，必定可以兼而有之。
☐ D. 無論活得精彩或活得長壽，一切盡力就好。
☐ E. 活得精彩，可以操之在己；活得長壽，交給上天。

大人的成熟指標

靠勇氣與信念，
快樂享受長壽

只要還活著，
就一定要愈活愈開朗！
即使缺錢、沒伴、生病，
都能無礙日常。

既不探問自己或至親還能活多久，
也不以別人的價值標準，
來審視自己是否活得夠精彩。
願意接納病苦的折磨，
即使不平安也能度過。

生命很可貴，但長壽未必是福？很多朋友怕老來生病，沒人照顧、沒錢治病，所以寧願自己不要活得太長。

根據《康健》雜誌最近所做的調查，有高達八〇・四％的民眾不想活到一百歲，主要原因是：1.健康不佳（八四・四％）；2.金錢不夠（三四・六％）；3.親友不在（一八・六％）。

再對照十八年前《康健》雜誌所做的調查，不期待活到百歲的民眾比例為六七・四％，由此可以發現以下這個令人心疼的事實：大家對於能活存多久的指望愈來愈悲觀了；或者要換個角度解釋，台灣人對生活品質的要求，遠高於能夠活到多老的期待。

十八年來，台灣經濟衰退到讓很多人對前景感到悲觀，但在健保制度與醫療品質方面，相對於其他國家，其實還是被人稱道的。可惜，醫療服務再好，大家並不指望以臥病在床的方式度過餘生，寧願不要活到百歲，以免拖磨太久。

我想，還有另一個既殘酷又現實

的事實，是活到百歲而人生依舊精彩的成功個案少之又少。所以，媒體無法提供民眾一個值得效法的典範，多數民眾看到身邊垂垂老矣而不快樂的親友，甚至是自己父母為病所苦的晚年，聽到的、看到的老後人生都這麼淒涼，也心知肚明：「我們是孝順父母的最後一代，也是不會被子女孝順的第一代！」這句話是千真萬確的，當然對活到百歲沒有太美好的期待。

幸運的是，我身邊有一個非常獨特的個案，是二十年來為家母診治疾病的中醫師，他今年已經一百零六歲，有兒有女，而且都很孝順，但他仍選擇獨立生活，到現在還照常替病患把脈開藥。他非常低調，不願接受媒體訪問，只有病患才有機會親自目睹這位百歲中醫的風采。即便如此，大家羨慕之餘，都不免會有這個念頭：「我應該不會像他這麼好命！更何況他自己是中醫師，當然知道如何養生啊！」

所以，當我們看到電視上播出名人英年早逝的新聞，彷彿都會比較同意以下的勵志格言：「生命長短不重要，而是要活得精彩！」但其實深信這句話的人，只要慢慢體會就能發現：誰說生命長短不重要？是因為我們都無法確定自己能活多久，才勉強退而求其次地說只要活得精彩，就已經無憾。

如果有一天，連活得精彩都強求不來，才又退到最後的底限說：「只要活的時候平安，臨死之前沒有太痛苦就好。」但無論你如何卑微地退守，這些期望都還是無窮無盡的索求。

即使看起來已經是最低的期望：「活的時候平安，臨死之前沒有太痛苦就好。」若是跟最高的勉勵：「生命長短不重要，而是要活得精彩！」相較之下，其實前者並沒有簡單太多。最後我們終將知道：此生**老後能夠自在快樂的唯一秘訣是——無所求。這是另一種無欲則剛的人生態度，但並不是要你剛強到無視於生命的無常，而是因為懂得柔軟，而活得無比堅強。**

無論你現在幾歲，只要還活著，就一定要愈活愈開朗！即使缺錢、沒伴、生病，都能無礙日常。既不探問自己或至親還能活多久，也不以別人的價值標準，來審視自己是否活得夠精彩。願意接納病苦的折磨，即使不平安也能度過，對所有經歷的一切，百分之百概括承受。若能具足這份勇氣與信念，無論用什麼方式、能活到多久，老後的人生都會是幸福的旅程。

而這份勇氣與信念，跟你有沒有健康的身體、有沒有足夠的金錢、有沒有親友的陪伴，幾乎完全無關。它來自內心對生命和宇宙最堅定的信仰，也是透過修行而能獲得的最高智慧。

與其為了能活多久、有沒有錢、是否有人陪，而每天害怕惶恐，不如把所有生命的未知數交給你信仰的神，把能夠獲得靜心的修行交給自己，篤定地度過活著的每一天。

47

小劇場×內心戲

「真是一代不如一代！」聚會上老王不吐不快：「哪像我們當年拚出貨拚到半夜，都不敢吭一聲。」「他們居然還敢要求正常工時！」旁邊的老趙跟著回話。「誰沒年輕過？青春都是這樣莽莽撞撞的。老王，我記得你剛進公司時壓力大，還找我哭了一頓呢。」桌角傳來這句話，原來是擔任人資主管的老許。突然間，桌上其他人都安靜了下來。此刻，你的感想會是？

- ☐ A. 團隊合作，不分你我，不分世代，彼此和解，才能雙贏。
- ☐ B. 老王倚老賣老，老趙跟著起鬨，老許愛吐槽，三個都是寶。
- ☐ C. 沒我的事，閉嘴比較好；明哲保身，才是智舉。
- ☐ D. 年輕人確實抗壓性不足，不過應該多看他們的其他優點，而不是指責。
- ☐ E. 尊重世代差異，同理每一個人的想法，不要輕易評論。

大人的成熟指標

鼓勵比你年輕的人，善盡社會責任

年輕人的錯誤，是大人們的責任。社會風氣好壞，是集體的共業！

大人沒有盡全力把孩子教好，才會導致他們失去對別人最基本的同理心。而將來大人們都變成老人，年輕世代很快變成大人，老人的境遇就會更慘。

我曾經應邀去一所大學的「迎新生活營」擔任講師，對新鮮人分享如何充實度過四年的生活。令我意外的是，這一梯次的營隊，辦得好像是軍事訓練般，學長姊對學弟妹嚴厲要求的程度，甚過於監獄的管理。

活動結束後，我問剛升上大二的主辦人：「為什麼要營造這種學習氣氛？」他說：「新世代的年輕人愈來愈皮了，必須要在他們進校門的第一天，就交代好所有規矩，以免將來很難帶。」

離開校園時，我的感觸很深啊！他們才大二，平均剛剛好快要二十歲的學生，究竟是經過怎樣的歷練，要對自己的學弟妹如此苛刻？

深思幾回，我發現：大部分的人在年紀漸長之後，似乎很難逃離「老氣橫秋」的宿命。用自己有限的經驗去評斷無限的範疇，針砭時勢，論人是非，不需要打草稿，都能講得頭頭是道。

尤其數落起比自己更年輕的一代，從應對進退、日常禮儀，隨手拈來，真實的個案與熱門的話題，彷彿取之不盡、用之不竭。問題是，一陣口沫橫飛之後，看不順眼的現象，有改善嗎？事情有解決嗎？沒有啊！徒留一逞口舌之能的快感，以及看似語重心長的喟嘆，除此之外，所有的狀況都維持如常，甚至變得愈來愈沉重。

若要說「人心不古、世態炎涼」，絕對不是這個時代特有的專利，罵人「一代不如一代」，其實這種酸言酸語，也是一代接著傳一代。任意指責比自己年輕的一代表現不好，多少流露出自己已然是長輩優越的心態，並非真正是完全的事實。如果每一個世代的年輕人真的有這麼差，整個人類應該早已經走向衰亡，而不是科技與生活的日益進步，心靈與精神的逐漸提升。

所以，問題出在「少部分」的年輕人，可能有表現不好的地方；以及「大部分」的熟年人，對表現不佳的年輕一代期許甚深。於是，這兩種意見經常呈現出針鋒相對的樣貌，看起來總像是世代對決。但是，整體而言，兩種極端意見若繼續對立，一定是雙輸；唯有超然和解，才會雙贏。

有位熟齡朋友將國外旅行特別買回來的珍貴禮物，小心翼翼地寄贈給同學，

再大的狂喜、再小的雀躍，
都化為心中一抹花朵的開落。
面對所有大成就、小成就，
愈來愈謙卑。

對方的秘書忙中有錯，以為是別的部門需要的貨樣，輾轉之間把禮物搞丟，怕被老闆責罵，謊稱說沒有收到。歷經三個月的調查，還原真相。那位秘書不但沒有承認錯誤，還把責任推給快遞公司與櫃檯總機。

寄出禮物與沒收到禮物的兩個大人，都覺得搞丟禮物不是什麼大事，倒是推諉責任比較需要關切，但又覺得若把話說得太重，萬一秘書承受不起這項忠告，突然離職，並非他們所樂見。後來只好輕描淡寫，巴望這位秘書可以自我改進，這已經是大人們自己以為的最大妥協了。

有一次清晨駕車陪母親去看診，路上好心的計程車司機提醒：輪胎有點洩氣。我順道把車開進原廠保養，擬請維修技師檢定。門口負責接待的業務人員，以為我是要去買車的，經過說明，他才知道我是去檢查輪胎，露出大失所望的表情，悻悻然轉介給維修部門。

基於母親門診時間的考量，我先詢問看看檢修輪胎需要多少時間，對方不但答非所問，還語帶威脅、橫眉豎目地說：「我無法保證你的車子哪時候會爆胎！」聽得我心頭一驚的，不是他講的後果，而是他講的態度。輪胎異常，有爆胎的風險。這是基本常識，我能理解。但「我無法保證你的車子哪時候會爆胎！」這句話若換成：「我建議立刻換輪胎，比較能保障您的行車安全。」雙方感覺都會好很多。

這兩個個案中的年輕人，能力都不算差，比較差的，其實是態度。我也曾經跟其他大人一樣，為他們的態度感到憂心。但後來深自反省這個問題：**遇到年輕世代表現不佳時，大人們憂心的，究竟是：因為他們自我要求的品質過低，導致集體的退步，還是自己被他們的失禮所冒犯？**

當我自問自答的次數愈多，無論答案是哪一個，都有共同的結論：年輕人的錯誤，是大人們的責任。社會風氣好壞，是集體的共業！大人沒有盡全力把孩子教好，才會導致他們失去對別人最基本的同理心。而將來大人們都變成老人，年輕世代很快變成大人，老人的境遇就會更慘。

若不想等到老了以後，被眼前這批後來已經長成為大人的年輕人虐待，就趁你還沒有完全變老的時候，把年輕人教導好，讓他們懂得體貼、學會尊重。從自家的年輕人開始教，再去影響別家的年輕人。而言教總是不如身教，與其擺出說教的嘴臉，不如先體貼年輕人面對當今經濟發展困頓的處境，理解他們從小被養尊處優帶大的環境，接納他們和上一個世代的差異性，別急著評論他們的是非對錯。

你不需要多麼有錢、多麼有能力，只要能夠對你眼中白目到不行的年輕世代，說一句好話，給一點鼓勵，就是大人們善盡社會責任最日常的方式，也能因此創造雙贏共好的未來。

大人們面對年輕人的失禮、或失態（失去良好態度）時，其實就是修養自己心性最好的時機。**收拾起教化對方的企圖，以幫助自己改掉「老氣橫秋」的習氣為出發點，把一切的責任與承擔歸在自己身上，而不是推諉給對方。**當對話的窗口能夠持續地打開，成長最多的，很可能不是年輕世代，而是即將變老的大人們。於是，跨世代的彼此，就能一起攜手邁向成熟。

後記

時時祝福自己

負起所有來到眼前的責任，就算是最困難的事，
都心甘情願地當作是自己人生中最重要的使命去完成。

從不推遲寫作進度，我卻主動將出版時程延後半年，這本早已經寫好的書稿，只好靜靜等在我書桌前，電腦的一個檔案夾裡。為的是陪伴媽媽住院治療。將近有十個月的人生，幾乎日夜都在醫院度過。

在那之前因為剛允諾一項新媒體計畫，每個星期有兩個晚上十點必須回到家裡的書房，做直播節目「殘酷邏輯」，無論結束的時間再晚，午夜十二點的公車，都會再度把我載往那幢有數百病房的大樓。

我常在深夜進醫院前，站在大門外，凝望每一扇悠悠燈火的窗口，想像病床邊有多少位像我這樣急於把憂慮轉化為祝福的子女，日夜守護著年邁長輩，陪著搭乘一班又一班即將開往人生終點的列車。

有些家庭的病人，幸運地可以中途走下月台喘口氣，慢慢繼續欣賞風光之餘，回頭看看這匆匆一路行來，人生裡所有的經過與錯過，然後百般珍惜地相依相守，直到這班車必須往前開走的那一刻。

而另一些家庭的病人，可能再也沒有走下月台的機會，只能跟著列車進入深邃的幽暗隧道，依依不捨地道愛、道謝、道歉、道別。

感謝上天的眷顧，一個多月之前媽媽從重症末期奇蹟般地恢復到可以出院回家休養的程度。所有的苦難與幸福，流轉如真實與幻影的交疊。曾經出現在成長過程中突然其來的打擊、從挫敗灰心裡漸漸熬出的希望，因為面對過最靠近的死亡，變得既深刻而有意義。

一個人，能怎樣活著？一個人，又該怎樣活下去？從五歲到五十歲，這個問題一直是我不斷給自己的考題。小時候，我常常覺得自己已經是大人了；成為大人以後，我卻很敏銳地察覺心中還有一個小孩在對話著。

成熟，究竟是通過很多個指標可以獲得的定義；或者，它充其量也只是一種感覺，存在於自卑與自信之間的擺盪，直到對自己內在的價值有相對更穩定的答案。

連綿多日的雨勢，竟在出版社與攝影團隊幾個星期前事先約好拍照的那天暫停，而且也只放晴了那一天。恩典無時不在，讚歎是因為經歷過幽谷而更懂得由衷感謝。

三十三歲那年，我離開職場後，常以個人的方式工作；或者，追溯到更久遠之前，學生時期、上班族階段，我也一直覺得自己就只是一個人。少數有機會跟著大家一起團隊工作的時候，特別有不同的體驗與感受。那是一支孤獨與熱烈的交響曲，年少的時候我因為知道自己不能勝任而逃離，如今我可以安適地身處樂團中協奏。

特別感謝國中同學李建宏義氣相挺，親自領軍，與郭元益婚紗美學館團隊，支援這本新書所有照片的拍攝。他曾經是我少年時期暗黑歲月的一盞光，讓我在一路放牛的學習路上，還能看到成長的盼望。不知不覺一起來到中年的我們，很少有機會共同回頭看當年的荒唐，以及聊著對未來那份只有熟男才懂得的卑微夢想，帶著我們對生命既成熟又天真的浪漫。

當我又再度經歷了人生的起伏，陪伴母親走過生死邊緣的懸崖，再問自己一次：「你夠成熟嗎？」即使想到我在陪伴至親面對生命盡頭時的軟弱，還是給自己莫忘初衷的答案。

成熟的定義與指標有很多，當你讀完這本書的此刻，我最想分享給你的成熟定義是：**能夠負起所有來到眼前的責任，就算是最困難的事，都心甘情願地當作是自己人生中最重要的使命去完成**。

但願，每個人都會在熟成的過程中得到幸福，同時也要時時祝福自己！

How Mature Are You?
總經理特助 建宏
企畫 辰容
書籍主編 祥琳
作者 若權
書籍企畫 曼靈
梳化 雅禎
燈光 欣樵
攝影 源鏗

小劇場×內心戲

測測你的內在成熟指數？

計分方式——

1. 請將每一篇文章之前的情境測驗題（共47題），仔細閱讀題目和選項後，勾選出一個最符合你心中所想的答案。（請依當下的直覺而選。）
2. 根據你所勾選的答案，對照左方表格的「題次」與「選項」，將交集的分數用鉛筆圈起來。
3. 鉛筆所圈，即為你的得分。請將每一題的得分加總起來後，記錄在表格最下方。
4. 最後，請將兩頁合計得分再加總，即為你的總分。

線上檢測計分與解析

題次	選項A	選項B	選項C	選項D	選項E
01	3分	2分	5分	1分	4分
02	2分	5分	4分	3分	1分
03	2分	3分	1分	5分	4分
04	1分	3分	4分	2分	5分
05	3分	4分	2分	5分	1分
06	4分	1分	5分	3分	2分
07	1分	5分	3分	4分	2分
08	4分	1分	2分	3分	5分
09	2分	5分	3分	4分	1分
10	4分	5分	2分	3分	1分
11	5分	2分	1分	3分	4分
12	2分	1分	5分	4分	3分
13	4分	5分	2分	3分	1分
14	2分	1分	4分	3分	5分
15	4分	1分	2分	5分	3分
16	5分	3分	1分	2分	4分
17	3分	4分	5分	2分	1分
18	1分	2分	3分	5分	4分
19	4分	2分	5分	1分	3分
20	2分	5分	4分	3分	1分
21	1分	2分	4分	5分	3分
22	4分	5分	1分	2分	3分
23	1分	3分	5分	4分	2分
24	3分	5分	4分	1分	2分
得分合計					

題次	選項A	選項B	選項C	選項D	選項E
25	2分	4分	3分	5分	1分
26	4分	2分	1分	3分	5分
27	2分	1分	4分	5分	3分
28	1分	4分	3分	5分	2分
29	5分	2分	3分	1分	4分
30	1分	5分	3分	2分	4分
31	2分	4分	1分	5分	3分
32	2分	3分	4分	1分	5分
33	2分	5分	4分	3分	1分
34	5分	3分	1分	2分	4分
35	4分	3分	2分	1分	5分
36	1分	5分	2分	4分	3分
37	2分	3分	1分	4分	5分
38	1分	4分	5分	2分	3分
39	2分	5分	3分	4分	1分
40	3分	2分	1分	4分	5分
41	1分	3分	4分	5分	2分
42	2分	1分	4分	3分	5分
43	5分	3分	2分	1分	4分
44	2分	4分	1分	5分	3分
45	3分	4分	5分	2分	1分
46	3分	1分	4分	5分	2分
47	5分	1分	2分	4分	3分
得分合計					
總分合計					

測驗結果解析——

★【穩健型】總分在188-235分之間

你性格熟成，有自己的想法，也能體貼別人的立場。既能獨處，也樂在相處。既重視自己的想法與作為，也能理解對方的感受與需要。你的人生起伏未必很大，但每一個經歷都相當深刻。你不刻意強調，卻自然地保有內在善良的一面；為了顧及別人的感受，而真誠地放下自我。這份包容讓你即使面對挫折，也能無所侷限，感受天寬地闊。

★【成長型】總分在141-187分之間

你樂於成長，還努力在學習中，偶爾會猶豫該怎麼做，但很快就會找到答案。你很希望每件事情，都能盡量按照自己的想法去做，碰到未能如願時，也不至於刻意討好別人。彼此尊重，是你的理想，也是你的底線。來回於底線與理想之間，正是你自我對話的過程。對你來說，發自內心的妥協與真誠共好的讓步，是自信的另一個表徵。

★【潛力型】總分在94-140分之間

你對人際關係的原則，有自己想要的堅持，若碰到懂你的人，會很珍惜這份相知。因為，交友略有潔癖的你，內心其實渴望真摯不虛偽的友誼。基於自尊的因素，有時候會讓你無法跨越。只要願意接納自己的軟弱，就是重新勇敢的開始。憤世嫉俗只是一個過程，圓融穩定的價值觀，即將在你眼前逐步鋪展。只要打開心門，就能積極探索美好世界。

★【萌發型】總分在47-93分之間

個性敏感的你，擁有別人未必理解的直覺，不想耗費時間去解釋，寧願獨自承擔誤解。你正在開展人生未知旅程，特別欣賞坦誠直率的個性，而且極其厭惡偽裝，只願意接受頻道相近的人。所謂「被討厭的勇氣」，是你心中的一個糾結，因為你不想被說成「白目」，但卻非常渴望做真正的自己。只要能耐心地觀察不同的角度與面相，就會讓自己的視野更加寬廣。

人生，幾分熟？：成為理想中的自己，
吳若權的大人學／吳若權著.–初版.
--臺北市：遠流, 2018.02
面； 公分.--（綠蠹魚叢書；YLKA42）
ISBN 978-957-32-8215-0（平裝）
855 107000242

綠蠹魚叢書YLNA42

人生，幾分熟？

成為理想中的自己，吳若權的大人學

作者｜吳若權
圖片攝影｜郭元益婚紗美學館 游源鏗

資深主編｜鄭祥琳
編輯協力｜盧珮如
行銷企劃｜鍾曼靈
封面美術設計｜王小美
內頁美術設計｜林秦華
出版一部總編輯暨總監｜王明雪

發行人｜王榮文
出版發行｜遠流出版事業股份有限公司
地址｜臺北市南昌路二段81號6樓
電話｜（02）2392-6899 傳真｜（02）2392-6658
郵撥｜0189456-1

著作權顧問｜蕭雄淋律師
2018年2月1日 初版一刷
2019年8月10日 初版七刷
定價｜新台幣360元（缺頁或破損的書．請寄回更換）

ISBN 978-957-32-8215-0

YLib 遠流博識網
http://www.ylib.com E-mail: ylib@ylib.com